LES OMBRES DE YAMAGATA

Direction des publications : Stéphanie Baronchelli, Jérôme Bernez-Binder
Suivi éditorial et maquette : Caroline Merceron
Relecture éditoriale et maquette : Alexandre Planchard
Correction : Maud Bataille

Conception graphique de la collection : Jeanne Mutrel, Tiphaine Rautureau
Conception de la couverture : Tiphaine Rautureau
Couverture et carte : Hypathie Aswang
Typographies : Wicked Grit – AJ Paglia

WWW.GULFSTREAM.FR

ISBN : 978-2-38349-174-3

Gulf stream éditeur

LES OMBRES DE YAMAGATA

JOCELYN BOUCHET

ÉLECTROGÈNE
POLAR FANTASTIQUE

DE YOKOHAMA À YAMAGATA
JAPON
日本
TEMPLE KUMOJI
YAMAGATA
山形市
NIKKŌ
日光
TOKYO
東京
YOKOHAMA
横浜市
N
O
E
S

PROLOGUE

Hiver 1248,
quelque part dans les montagnes de Dewa,
au Nord du Japon.

C'était par une sombre nuit à la lune voilée que le maître du temple méditait seul dans le sanctuaire. Il était assis en tailleur, face à de petites idoles de bois sculptées. Dans la pièce à peine éclairée, les lumières vacillantes des chandelles projetaient d'étranges ombres sur les murs. Il régnait un silence de mort, hormis les vielles poutres de l'édifice qui craquaient de temps à autre, sûrement sous le poids de la neige qui avait recouvert le toit. L'homme de foi cherchait tant bien que mal à vider son esprit en quête de paix intérieure, mais il était tourmenté par de sombres pensées. Des bruits de pas en provenance de la terrasse vinrent perturber davantage sa méditation. Un homme essoufflé s'agenouilla devant les portes coulissantes du sanctuaire, et les entrouvrit délicatement.

— *Maître Ito, la cloche a cessé de sonner,* dit-il d'une voix haletante.

LES OMBRES DE YAMAGATA

Le maître ouvrit les yeux et soupira de soulagement. Il se leva sans mot dire, emboîta le pas au jeune adepte qui était venu le chercher. Tous deux traversèrent un jardin recouvert d'une épaisse poudreuse, avant de s'engager dans une étroite galerie qui s'enfonçait dans la montagne.

Une dizaine de moines et autres pensionnaires du temple se tenaient autour d'un monticule de pierres, lampions à la main. Tous s'inclinèrent bien bas à la vue du maître. Ce dernier se rapprocha de l'amas de roches, ne le quittant pas des yeux. Il leva la main, et deux hommes entreprirent aussitôt d'enlever les pierres une à une, dévoilant un cadavre de moine desséché, assis en position du lotus. Il tenait dans sa main une corde reliée à une clochette qui se situait à l'extérieur de la structure. Une terrible expression d'effroi et de souffrance se dessinait sur son visage flétri. Le maître, qui au contraire de ses jeunes adeptes avait eu l'occasion d'assister à ce genre de rituel au cours de sa longue vie, comprit que quelque chose ne s'était pas déroulé comme prévu.

Les moines reculèrent d'un pas à la vue d'un tel spectacle. Le plus jeune des adeptes, qui était parti quérir le maître, ne pouvait quant à lui détourner le regard. Le corps décharné du moine se tenait là, inerte, comme fossilisé, à tel point qu'il semblait presque inimaginable qu'il eût un jour accueilli la vie. Néanmoins, le jeune homme avait l'impression que quelque chose, une étincelle de vitalité, un résidu de conscience, perdurait dans les yeux vitreux et à moitié entrouverts du défunt. Il y perçut une force incroyablement sombre et malsaine, un condensé de malveillance, de cruauté et de colère. Une terreur sans nom s'empara de tout son être.

Ils restèrent un moment devant le corps, silencieux, tétanisés de peur. Le maître s'agenouilla enfin devant la dépouille, pressa entre ses mains son chapelet, puis entreprit une prière pour le salut de celui qui avait été l'un des leurs.

La prière dura, la voix du maître devint de plus en plus forte et saccadée. Son front se mit à transpirer en abondance, ses mains se mirent à trembler, de plus en plus fort, jusqu'à ce qu'il cesse finalement sa transe, essoufflé, livide, une expression d'épouvante se peignant sur son visage dégoulinant de sueur.

— *Tout va bien, maître Ito ?* demanda l'un des disciples. *Que s'est-il passé ?*

Le vieil homme recouvra ses esprits, et se releva péniblement. Les pensionnaires du temple étaient suspendus à ses lèvres.

— *Nous avons respecté les dernières volontés de maître Yasura. Puisse son âme nous en être reconnaissante,* dit-il sans cesser de fixer le corps. *Mais il ne peut rester ici parmi nous. Emmenez-le dans la basse chambre. Faites-y brûler de l'encens et allumez une chandelle à ses pieds.*

Les hommes échangèrent des regards craintifs, et après un long moment d'hésitation, trois braves se proposèrent pour s'acquitter de cette tâche. Ils recouvrirent la dépouille d'un long drap pourpre, et la firent glisser sur un brancard en bois.

Le jeune adepte faisait partie des volontaires. Il avait pris la tête du groupe, le guidant dans les dédales de galeries, muni de son lampion. Ils atteignirent enfin l'antre le plus profond de la montagne, et placèrent le corps au centre de l'antichambre, qui gelait à pierre fendre. Un moine prit soin d'allumer une chandelle, tandis que son confrère s'occupait de l'encens, conformément aux recommandations de leur supérieur. Ils s'empressaient de quitter la pièce, lorsqu'un courant d'air puissant et soudain vint souffler sur la chandelle, ainsi que sur le drap, dévoilant l'horrible visage de Yasura.

— *Shinji, va rallumer la chandelle,* ordonna l'un des volontaires d'une voix paniquée. *N'oublie pas de replacer ce foutu drap au passage !*

— *Vas-y toi-même, il est hors de question que je remette les pieds là-dedans ! Fichons le camp d'ici. Personne ne viendra lui rendre visite dans cet endroit sordide de toute façon.*

— *Vous avez vu son pendentif ?* intervint le jeune adepte, les yeux rivés sur le bijou de jade serti d'or. Maître Yasura ne le quittait pas de son vivant, et a refusé de s'en séparer, même dans la mort. *Que pouvait-il bien représenter à ses yeux ?*

— *J'en ai aucune idée, et cela m'est bien égal,* répondit Shinji. *Partons d'ici, cet endroit me glace le sang.*

Les trois hommes firent demi-tour, puis empruntèrent l'étroit tunnel qui menait à la surface d'un pas hâtif. L'adepte se retourna une dernière fois vers le cadavre, qui était plongé dans le noir, entouré des fumées d'encens. Un frisson parcourut son échine alors qu'il crut entendre, l'espace d'un bref instant, un étrange murmure provenir de l'antre. Le jeune homme se dépêcha de rejoindre ses camarades qui l'avaient distancé, quittant l'angoissante antichambre et laissant la dépouille du moine seule dans les ténèbres…

CHAPITRE 1

L'expédition au bout du monde

12 novembre 1873,
quelque part au large de la baie de Tokyo.

Le soleil s'était levé timidement en cette fraîche matinée d'automne, dissimulé derrière d'épais nuages. Le navire voguait sur des eaux calmes, perdu dans une brume épaisse. *Le Redoutable* était un trois-mâts fin et rapide, taillé pour la course en haute mer, le meilleur de sa catégorie, comme aimait à le dire son capitaine. Ce dernier était un petit homme bourru et trapu, un vétéran de la guerre de Crimée, et aussi un traditionaliste, qui ne se méfiait que trop de ces nouveaux navires à vapeur et de leurs fumées nauséabondes.

Si l'équipage pouvait être par moments irrité par le caractère taciturne et réfractaire du capitaine, le vieux marin n'en demeurait pas moins respecté et écouté de ses pairs, lui qui avait vécu tant d'aventures loin de sa Bretagne natale.

Un homme se tenait accoudé à la rambarde du pont supérieur, le regard perdu vers le lointain. Il avait les tempes rasées et des cheveux châtain clair soigneusement peignés. L'individu, âgé d'une trentaine d'années, ne portait pas d'uniforme, et ne faisait vraisemblablement pas partie de l'équipage, dont les membres étaient tous affairés à des tâches diverses, ou tout du moins le prétendaient-ils. Un jeune matelot, qui ne devait guère avoir plus de dix-sept printemps, se présenta à lui.

— Monsieur Klein, le capitaine vous informe que nous allons arriver sous peu, aussi vous invite-t-il à vérifier que vous n'avez rien oublié dans votre cabine.

Le dénommé Klein remercia l'homme d'un signe de tête amical, et sortit une montre en argent de sa poche. Il était tout juste sept heures du matin. La brume se dissipait progressivement. Les contours d'un immense port apparurent, où mouillaient quantité de navires, petits et grands, militaires et civils. Le timonier[1] souffla dans son sifflet de gabier[2], et les matelots s'affairèrent de toutes parts afin d'entamer les manœuvres d'approche. Le navire devait prendre soin d'éviter les innombrables bateaux de pêche, à mesure qu'il s'approchait de l'estuaire.

Ils atteignirent bientôt la poupe d'un impressionnant cuirassé portant les couleurs de la Grande-Bretagne, amarré non loin d'un bâtiment arborant un étendard français. Sur leur gauche se tenait un formidable complexe de cales sèches abritant d'immenses squelettes de navires. Une masse d'ouvriers martelaient, burinaient, raclaient et soudaient. *Le Redoutable* s'approcha de l'embarcadère et les marins lancèrent les cordes d'amarrage.

---

1. Matelot qui est en charge de la direction du navire et de la veille sur les passerelles. À l'origine, personne qui tenait le timon, ou la barre de gouvernail.

2. Petit sifflet à main servant à signaler certaines manœuvres à l'équipage, ou tout simplement à saluer les autres navires. Aussi appelé sifflet de manœuvre, ou sifflet de Bosco.

L'expédition au bout du monde

On immobilisa le navire, et les ponts furent déployés. Les quelques civils à bord furent invités à descendre les premiers, Klein en tête. Une valise dans chaque main et sa précieuse sacoche en bandoulière, il se dirigea vers un attroupement de personnes, dans l'espoir que quelqu'un puisse le guider. Il aperçut un petit homme en uniforme de l'armée française, qui portait une pancarte sur laquelle était écrit son nom, et vint à sa rencontre.

— Vous êtes Septime Klein, je présume ? Bien le bonjour, Monsieur, et bienvenue à Yokohama, dit-il en tendant une main calleuse au nouveau venu. J'espère que vous avez fait bon voyage. Je suis le lieutenant Durand, on m'a chargé de vous conduire auprès du colonel. Je vous en prie, ne vous encombrez pas de vos bagages, notre personnel va se charger de les monter à vos appartements.

Septime lui rendit la politesse, et tous deux s'engagèrent dans une large rue flanquée d'innombrables commerces en tout genre. La plupart des autochtones revêtaient un habit traditionnel semblable à une longue robe de chambre aux motifs somptueux et complexes, tels que Septime avait pu en voir sur certaines peintures et cartes postales issues de l'art nouveau du japonisme en Europe. D'autres quant à eux arboraient costumes trois-pièces, monocles et chapeaux hauts de forme. Marchands, notables et militaires occidentaux se mêlaient à cette curieuse foule hétéroclite, comme on n'en avait jamais vu sur le vieux continent.

— Impressionnant n'est-ce pas ? intervint le lieutenant afin de briser le silence. Et dire qu'il n'y a pas dix ans, ce n'était encore qu'un village de pêcheurs. Les locaux se sont vite adaptés à nos coutumes, et je dois dire que les leurs sont plutôt agréables et raffinées, quoiqu'un peu étranges.

Leur nourriture quant à elle est un peu spéciale, mais vous vous y ferez rapidement, comme pour le reste.

Ils atteignirent un long portail en fer forgé, gardé par quatre fantassins. Derrière celui-ci se dressait un bâtiment de deux étages, semblable à un petit hôtel, peint en blanc et au toit d'ardoise verte, curieux mélange d'architecture coloniale et japonaise traditionnelle. Les deux hommes traversèrent une petite cour fleurie, au milieu de laquelle trônait l'étendard de la Troisième République[1], claquant au vent. L'intérieur de l'édifice n'était guère différent des autres établissements militaires que Septime avait eu l'occasion de visiter. Sobre, austère, et terriblement silencieux. Une collection de tableaux représentant de glorieuses batailles, du Premier Empire jusqu'à la guerre de Crimée, apportait une touche de couleur à l'ensemble vide et monochrome. Ils empruntèrent les marches grinçantes qui menaient au second étage, et se dirigèrent vers la gauche, devant une porte fermée. Le lieutenant frappa trois coups, puis pressa la poignée dorée.

— Mon colonel, permettez-moi de vous présenter le détective Septime Klein, qui vient tout juste de débarquer du *Redoutable*.

L'officier se leva de son bureau et se dirigea vers Septime. Le militaire était un homme grand et corpulent, qui dégageait un impressionnant charisme. Malgré sa posture droite et son torse bombé, ses jambes étaient légèrement arquées, signe distinctif des anciens officiers de cavalerie.

— Colonel Edgar Plantain, commandant des forces françaises du secteur de Yokohama. Bienvenue au Japon, monsieur Klein, adressa-t-il au détective en lui donnant une poignée de main ferme. J'espère que la traversée depuis

1. Proclamée en septembre 1870 et terminée en juillet 1940.

le Cochinchine[1] s'est déroulée sans encombre. Durand, pouvez-vous prévenir le docteur Meunier de notre arrivée imminente je vous prie ? Vous pouvez disposer.

Le lieutenant Durand salua les deux hommes avant de prendre congé.

— J'ai beaucoup entendu parler de vous, monsieur Klein, dit enfin Plantain après un court silence. Je dois admettre que je suis un peu tombé des nues lorsque l'on m'a fait part de votre profession. Pour ainsi dire, je ne savais pas qu'il existait des détectives spécialisés dans le domaine des sciences occultes, et encore moins que l'armée faisait appel à eux…

Septime était habitué au scepticisme des collaborateurs qu'il rencontrait pour la première fois, aussi s'efforça-t-il de répondre poliment.

— C'est-à-dire que nous avons tendance à agir dans l'ombre. Mes contrats proviennent le plus souvent du privé, mais il m'arrive à l'occasion d'être mandaté par l'armée, comme ce fut également le cas en Cochinchine, ou plus rarement par d'autres organisations, telles que l'Église pour ne citer qu'elle.

Le colonel hocha la tête.

— Intéressant… Je me considère comme un homme de raison, et j'avoue n'avoir accordé jusqu'à présent que peu de crédit au domaine du surnaturel et autres superstitions. Néanmoins, force est de constater que nous sommes à présent dans l'impasse, et je dois avouer que nous attendions votre venue avec une certaine impatience.

— Croyez bien qu'il me tarde de commencer mon investigation, lui répondit le détective.

L'officier, ravi de cette réponse à en juger par son large sourire, s'empressa d'ajouter :

1. Terme historique désignant la portion sud de l'actuel Vietnam.

— À la bonne heure ! Je ne sais avec quel degré de précision l'état-major en Cochinchine vous a fait état de votre mission, mais il me semble judicieux d'éclairer votre lanterne. Pour ce faire, laissez-moi vous résumer la situation dans son ensemble, à commencer par la raison pour laquelle la France se retrouve mêlée aux intérêts de l'empire nippon. Tout commence le 8 juillet 1853 avec l'arrivée des navires de l'amiral américain Matthew Perry au large des côtes japonaises. À cette époque, le pays était gouverné par le shogun, une sorte de seigneur de guerre, tandis que l'empereur occupait lui des fonctions essentiellement spirituelles, à l'instar de Sa Sainteté le pape sur notre bon vieux continent en somme.

Le détective écoutait religieusement, aussi le colonel poursuivit son récit.

— Toujours est-il que l'amiral Perry, qui avait pour mission d'établir un lien commercial entre les États-Unis d'Amérique et un Japon féodal et renfermé, fit montre de sa force en opérant une manœuvre avec ses navires. Ne voulant prendre le risque d'entamer un conflit perdu d'avance, le shogun autorisa alors contraint et forcé l'ouverture de ses frontières au commerce extérieur. Les Européens n'étant jamais bien loin des bonnes affaires, des délégations françaises, britanniques, hollandaises et russes ont établi les premiers liens diplomatiques avec le Japon l'année suivante. Tandis que les Américains, les Russes, ainsi que les Hollandais jouaient la neutralité avec le régime shogounal, il n'en fut pas de même pour les Britanniques, qui se mirent à conspirer avec le jeune empereur désireux de s'emparer des pleins pouvoirs sur son empire, en se débarrassant du shogun…

— On peut aisément comprendre que tout ceci n'était pas au goût du shogun en question, précisa le détective.

Le commandant des forces françaises préféra ne pas relever le commentaire.

— La France, toujours enthousiaste à l'idée de contrecarrer les projets de la Perfide Albion[1], répondit à l'appel du shogun afin de moderniser son armée. C'est alors que la première mission militaire française fut envoyée en 1866, avec à sa tête le capitaine Jules Chanoine. L'un de ses officiers, le capitaine d'artillerie Jules Brunet, s'est lié rapidement d'amitié avec les samouraïs du shogun, qui étaient somme toute comparables aux chevaliers médiévaux européens, et la formation des troupes aux techniques de combat modernes s'est déroulée pour le mieux. Hélas, devant la rapide expansion de l'influence impériale, mais aussi de la guerre civile imminente, le shogun a capitulé en 1867 sous condition que l'empereur conserve un régime féodal, garantissant ainsi l'intégrité des seigneurs provinciaux, ainsi que de leurs privilèges. Ce dernier n'a pas respecté le pacte, et a commencé à s'emparer des terres, chassant leurs seigneurs qui rallièrent le shogun. Celui-ci, poussé par ses samouraïs, prit les armes, et affronta les armées de l'empereur à la bataille de Toba-Fushimi, où ses forces ont été défaites par une armée impériale entièrement modernisée grâce à leurs alliés britanniques. Ayant senti le vent tourner, Louis-Napoléon[2] a rappelé notre ambassadeur, et a mis un terme à la mission Française auprès du shogun.

— Le pragmatisme triomphe souvent des idéaux, commenta Klein avec un sourire railleur.

Si le colonel fut agacé par cette nouvelle interruption, il n'en laissa rien paraître et continua :

---

1. Expression péjorative employée pour la première fois durant la Révolution française de 1789 et désignant la Grande-Bretagne.

2. Désigne Charles Louis Napoléon Bonaparte, président de la Deuxième République française de 1848 à 1852 puis empereur des Français de 1852 à 1870 sous le nom de Napoléon III.

— Si le capitaine Chanoine s'est retiré du conflit sous les ordres de l'état-major, ce ne fut pas le cas du chevaleresque Brunet, qui jura sur l'honneur de soutenir les samouraïs jusqu'à la fin. Ce dernier a organisé avec les partisans du shogun une résistance, qui a duré près d'une année, le conduisant tout au Nord du pays, où il a même fondé une république temporaire. Les preux samouraïs n'ont hélas pas fait le poids face aux canonnières britanniques, et Brunet s'est vu exfiltré de justesse par un navire français, avant l'annihilation de l'éphémère république. De retour au pays, l'officier s'est officiellement fait répudier pour sa dissidence à la demande de l'empereur japonais, afin d'éviter un incident diplomatique. Il reçut par ailleurs officieusement les honneurs pour sa résistance héroïque. À la suite de cette épopée, l'empereur obtint le contrôle de l'ensemble de l'archipel. Les relations diplomatiques avec la France ne furent pas entachées, si bien que nos échanges commerciaux et militaires perdurent encore aujourd'hui.

— Je vous remercie pour cet exposé détaillé colonel. Cependant, quelque chose m'échappe. Pourquoi l'empereur fait-il à présent appel aux services de la France, compte tenu de la résistance que nous lui opposâmes ? Par ailleurs, notre récente défaite face à Guillaume[1] n'a pas dû arranger nos affaires.

L'officier afficha à son tour un sourire malicieux.

— C'est que le jeune empereur, dans sa grande clairvoyance, a bien compris qu'il serait plus intéressant pour lui de diversifier ses ressources. Par ailleurs, malgré la résistance acharnée que Brunet lui a opposée, le monarque a été impressionné par la qualité de nos soldats et de notre

1. Guillaume Frederic Louis de Hohenzollern, septième roi de Prusse de 1861 à 1888, qui devint le premier empereur d'Allemagne de 1871 à 1888 sous le nom de Guillaume Ier.

savoir-faire militaire. Les Prussiens étaient eux aussi sur le coup, mais tout ne s'est pas déroulé selon leurs attentes... En effet, tandis qu'un navire allemand faisait une démonstration dans la baie de Tokyo, un incident s'est produit dans la soute à munitions, entraînant l'explosion du bâtiment. Ce dernier a sombré au fond des eaux devant l'état-major japonais au complet. Suite à cet incident, l'empereur s'est définitivement tourné vers la France pour ses projets militaires. C'est ainsi que la seconde expédition fut montée. Cependant, malgré la perte du mirobolant contrat, le Reich a conservé une petite force stationnée non loin d'ici, et deux bâtiments de guerre mouillent encore à la pointe nord de l'écluse. Vous auriez dû voir leurs têtes quand notre contingent est arrivé au port, sacré nom de Dieu ! La tension était-elle que nous avons bien failli entamer une nouvelle guerre...

— C'eût été une belle démonstration de notre savoir-faire martial devant les soldats de l'empereur, ironisa le détective.

— Rien n'est moins sûr, rétorqua l'officier, qui avait repris son sérieux. La guerre qui a opposé l'armée du shogun à celles de l'empereur a pris fin il y a seulement quatre ans, aussi les Japonais sont-ils coutumiers des escarmouches et des effusions de sang. Fusils en provenance d'Amérique, artillerie française, navires britanniques, la panoplie de l'empereur est complète. Mais ce qui lui manque encore, c'est une armée professionnelle digne de ce nom. Sa Majesté impériale a des ambitions expansionnistes, aussi souhaite-t-il se doter d'une force de frappe aux standards occidentaux.

Septime parut sceptique.

— Cela ne représente-t-il pas un danger pour les puissances européennes à long terme ?

Comme s'il n'attendait que cette question, le colonel s'empressa de répondre.

— Pas si nous sommes du bon côté. L'empereur n'est pas ingrat, il sait se montrer reconnaissant envers ses alliés, et ne lésine pas sur les dépenses. À présent que vous connaissez le cadre historique et politique, venons-en à la mission proprement dite.

Le colonel marqua une courte pause pour servir le thé qui avait été apporté en toute discrétion durant leur conversation. L'officier tendit une tasse à Septime, qui l'accepta de bon cœur.

— Le 6 juillet de cette année, le lieutenant-colonel Martin Tussaud a quitté la caserne sans en référer à qui que ce soit, et a disparu dans les terres sauvages nippones. La seule trace qu'il a laissée est une lettre adressée à sa sœur, qui par chance n'a pas été envoyée à temps, du fait de mauvaises conditions météorologiques. Nous avons donc pris la liberté de l'ouvrir à la recherche d'informations qui auraient pu nous mener à lui. Vous la trouverez dans ses appartements, que je vous autorise à inspecter dans le cadre de votre enquête. Le lieutenant-colonel a servi aux côtés de Brunet durant la résistance de 1867 en tant que lieutenant d'artillerie. Il connaît donc bien le pays. Les informations contenues dans la lettre portent à croire qu'il s'est dirigé vers la région de Yamagata, au nord de l'île, où une bataille eut lieu jadis contre les armées impériales. Tussaud y aurait participé aux côtés des samouraïs.

Le colonel fronça les sourcils en se remémorant la suite des événements.

— Nous avons aussitôt envoyé une patrouille à sa recherche, laquelle a rapidement cessé de donner des nouvelles après seulement quelques jours. Nous avons retrouvé les corps des malheureux dans la région de Nikko, à mi-chemin, dans des circonstances pour le moins… particulières. En effet, nos médecins sont incapables de déterminer la cause du décès, tandis que les soldats et autres instructeurs commencent à parler de malédiction, répandant leurs idées superstitieuses dans les rangs. Cela affecte même nos officiers.

— Qu'est-ce qui vous fait penser qu'il puisse s'agir d'une mort liée à quelque événement paranormal ? demanda Septime.

— L'état des corps monsieur Klein, comme vous allez bientôt le constater par vous-même. Je n'ai pour ainsi dire jamais rien vu de tel durant toute ma longue carrière de soldat, et le seul fait d'y penser me glace le sang. À ce propos nous devrions nous rendre à la morgue sans tarder, si vous avez fini votre thé. Le docteur Meunier doit nous attendre.

Les deux hommes se rendirent à ce qui s'apparentait davantage à un hôpital de campagne qu'à un véritable établissement de soins. L'entrée du complexe, qui n'était ni plus ni moins qu'un hangar de bois aménagé en clinique, était gardée par deux soldats français en uniforme d'hiver. Ces derniers se mirent au garde à vous à l'approche de Plantain, et s'empressèrent d'ouvrir les portes.

Une vingtaine de lits, pour la plupart vides, étaient alignés de part et d'autre de l'allée centrale, qui menait à une petite porte coulissante. Sur l'un des lits, une religieuse appliquait une compresse humide sur le front d'un malade, tandis que sa collègue changeait le pansement de sa jambe blessée. Le pauvre bougre semblait extrêmement fiévreux, et ne pipait mot, si ce n'étaient quelques gémissements plaintifs à peine audibles. Une sœur se dirigea vers la porte à petits pas rapides, salua timidement les deux hommes, et ouvrit la serrure à l'aide d'une clé qu'elle portait autour du cou, à côté de son chapelet. Un Christ en croix sculpté dans le bois trônait au-dessus de la porte, le regard perdu dans le vide, agonisant.

Septime Klein et Edgar Plantain s'engagèrent dans un étroit et sombre couloir, menant à une autre porte. Celle-ci demeurait entrouverte, tandis que l'on pouvait distinguer les lueurs d'une lampe à pétrole à l'intérieur de la pièce. Un homme chauve et trapu, vêtu d'une blouse blanche, attendait en silence, les mains croisées. Ce dernier releva la tête à la vue du colonel et de son invité, puis vint les saluer.

— Monsieur Klein, je vous présente le docteur Meunier, médecin légiste de la Mission française au Japon, annonça le colonel.

— Monsieur Klein, nous attendions votre venue, répondit le docteur avec raideur en donnant au détective une poignée de main vigoureuse.

— Tout le plaisir est pour moi, docteur Meunier.

Une femme à la silhouette gracieuse, vêtue d'une robe noire à la mode européenne se tenait non loin du médecin, offrant un ravissant sourire aux nouveaux arrivants.

— Voilà que je fais fi des convenances, reprit Plantain en remarquant la surprise de Septime. Monsieur Klein, permettez-moi de vous présenter mademoiselle Matsudaira. L'agent Matsudaira travaille pour le compte des renseignements impériaux, elle a étudié le français, et parle à présent la langue de Molière avec brio. Elle sera votre guide durant votre enquête.

La demoiselle s'avança d'un pas nonchalant en direction de Septime.

— C'est un honneur de faire votre connaissance, monsieur Klein, dit-elle avec un léger accent en lui tendant une main gantée.

Ses longs cheveux étaient coiffés en un chignon, fixé par une magnifique broche en argent ouvragé, et ses yeux savamment maquillés plongeaient dans ceux du détective avec une assurance déconcertante.

Septime porta la main qui lui était tendue à ses lèvres, et rendit le compliment à l'agent impérial.

— Bien, maintenant que les présentations sont faites, je suggère que nous examinions les corps, intervint le colonel.

Ils étaient au nombre de six, placés chacun sur une table de bois, et recouverts d'un drap blanc. Le docteur Meunier les découvrit un à un.

Les cadavres étaient complètement desséchés et décharnés, telles des momies vieilles de plus de mille ans. Leurs visages figés affichaient une expression cauchemardesque, comme si les hommes étaient littéralement morts de peur. Leurs mains difformes étaient recroquevillées sur leur torse, comme s'ils avaient voulu se protéger de quelqu'un ou de quelque chose au moment du trépas. Septime remarqua que leurs orbites abritaient toujours leurs yeux, qui bien que vitreux, n'avaient quant à eux subi aucune forme de déshydratation.

— Nous les avons retrouvés dans cet état il y a plus de deux mois, intervint le docteur. Comme vous pouvez le constater, les corps ne subissent aucun processus de décomposition, bien que leurs organes vitaux soient toujours présents. Néanmoins, il ne reste pas une goutte d'eau dans leur organisme, pas une once de tissu adipeux, comme s'ils avaient séché de l'intérieur. Ils étaient encore vêtus de leurs uniformes, qui sont eux restés parfaitement intacts.

— Sans nouvelles des hommes, nous avons organisé une battue avec l'aide des locaux et nous avons fini par trouver leurs cadavres dans cet état, autour d'un feu de camp, intervint

Plantain. Ce qui leur est arrivé s'est vraisemblablement produit durant la nuit, alors qu'ils faisaient halte dans une forêt en bord de route, non loin d'un petit lac. Il est également important de préciser que les corps ont été trouvés dans une clairière à la fin de l'été, qui est particulièrement chaud et humide dans ce pays, ce qui ne facilite guère la préservation des corps, intervint le colonel Plantain.

Septime se pencha au-dessus des cadavres, afin de déceler un quelconque indice sur la nature exacte du décès.

— Il m'est arrivé à de rares occasions durant mes enquêtes de voir des corps pétrifiés de peur, mais jamais de la sorte. Dans la plupart des cas, cela est dû à la rencontre avec une entité extrêmement puissante, qui à sa vue, provoque une paralysie instantanée et totale des muscles. Dans le cas présent, les corps ne sont pas seulement pétrifiés, ils ont également subi un processus de momification, tel qu'on peut en voir dans des milieux extrêmement arides, et qui se déroule généralement sur plusieurs décennies, voire des siècles. Avez-vous remarqué des brûlures ou des marques sur les corps ?

— Rien de notable je le crains, répondit le docteur Meunier. Je n'ai trouvé aucun hématome, aucune blessure, et les os sont intacts. Rien qui pourrait attester qu'il y ait eu un combat ou une agression quelconque.

Le détective resta un moment silencieux, perdu dans ses réflexions.

— Monsieur Klein, avez-vous une idée de ce que cela pourrait être, ou tout du moins un début de piste ? intervint le colonel afin de briser le pesant silence.

— Je dois bien admettre que je n'ai jamais rien vu de la sorte, répondit Septime. Néanmoins, l'on peut trouver des similitudes avec un phénomène de pétrification instantanée.

Les mains recroquevillées, les tissus solidifiés, les yeux qui sont restés figés, sans se décomposer malgré les semaines qui se sont écoulées depuis la mort... Il pourrait s'agir d'un esprit vengeur, bien que la piste de la mort naturelle ne soit pas à exclure pour le moment.

Le détective hésita un moment avant d'ajouter :

— Je sais que ma requête va sûrement vous paraître saugrenue, mais il me faudrait idéalement des informations sur le folklore local, en particulier issu de la région dans laquelle le meurtre a été commis, si bel et bien de meurtre il s'agit. Ouvrages, légendes orales, contes pour enfants, tout ce que vous pourrez trouver.

— J'avais anticipé votre demande, intervint l'agent Matsudaira. Cependant, je dois vous prévenir monsieur Klein que le folklore japonais est extrêmement riche en légendes traitant de fantômes, monstres, démons et autres créatures fantastiques. Je me suis donc efforcée de vous traduire tout ce que j'ai pu trouver, et de vous en faire un condensé par écrit que je vous présenterai demain.

Septime remercia l'agent et se tourna vers le médecin.

— Si vous n'avez rien à ajouter, docteur Meunier, j'aimerais désormais inspecter les quartiers du lieutenant-colonel Tussaud. J'y trouverai peut-être quelque chose qui pourra nous guider sur la bonne voie.

— Très bien, je vous y conduis tout de suite, accepta Plantain. Docteur, je vous remercie pour le temps que vous nous avez accordé.

Le détective, le colonel, ainsi que l'agent de l'empereur sortirent de l'hôpital, et se dirigèrent vers les quartiers des officiers. Matsudaira s'arrêta devant le seuil du bâtiment, et s'adressa à Septime.

— C'est ici que nos routes se séparent pour aujourd'hui, monsieur Klein. Je vous retrouverai demain dans le train à destination de Tokyo, comme le colonel Plantain vous l'expliquera plus tard. Bonne journée à vous.

Les deux hommes s'inclinèrent avec révérence devant l'agent, qui s'en alla d'un pas gracieux en direction du port.

— Sacré personnage n'est-ce pas ? commenta le colonel. Vous aurez l'occasion de vous apercevoir que mademoiselle Matsudaira peut être caractérielle et quelque peu effrontée, mais elle connaît le pays comme sa poche et elle a côtoyé maintes fois le danger, aussi vous ne trouverez pas de meilleur guide pour vous accompagner dans votre périple à venir.

— Je n'ai pour ainsi dire pas l'habitude d'être secondé dans mes enquêtes, répondit poliment Septime, tout en voulant néanmoins souligner son inconfort. J'apprécie cependant toute aide qui m'est apportée, à condition bien sûr qu'elle n'interfère pas avec mes méthodes de travail.

— Ne vous en faites pas pour ça, elle sait se faire aussi discrète qu'une ombre, le rassura Plantain. Vous vous apercevrez vite que sa présence vous sera extrêmement bénéfique, pour ne pas dire indispensable, ne serait-ce que pour soutirer des informations à droite, à gauche. À présent, si vous voulez bien me suivre, je vais vous conduire aux quartiers du lieutenant-colonel.

La chambre de Tussaud était relativement étroite et somme toute très banale, bien loin de l'image que Septime se faisait des appartements que pouvait occuper un officier. Le colonel Plantain s'était assis sur un fauteuil à bascule et trafiquait quelque chose avec sa boîte à tabac, tandis que le détective examinait les documents éparpillés sur le bureau. De toute évidence, le lieutenant-colonel n'était pas le plus soigneux des hommes, ce qui ne facilitait pas les recherches. Septime s'intéressa dans un premier temps à la lettre que l'officier avait adressée à sa sœur, et entreprit de la lire à voix haute :

— « Ma très chère sœur, voilà deux semaines que nous sommes arrivés à bon port, et que nous avons établi le camp. Énormément de choses ont changé ici depuis ma dernière visite, et force est de constater que le pays se modernise à une vitesse époustouflante. La traversée depuis la France fut longue et périlleuse, aussi est-ce un véritable bonheur de pouvoir poser le pied sur la terre ferme, bien que ces contrées demeurent assez mystiques et inquiétantes. Les soldats que nous devons former sont disciplinés et assidus, aussi le Japon devrait avoir sous peu une armée digne de ce nom, et deviendra de fait un allié précieux en Extrême-Orient. Je sais que tu t'es longtemps demandé pourquoi je ressentais un tel besoin de retourner dans ce pays du bout du monde, si loin de toi et de notre chère garrigue[1]. J'aimerais te dire qu'une femme en était la cause, ou que les cerisiers en fleurs me manquaient à en mourir. Hélas, les raisons n'ont rien de romantique, j'en ai bien peur. Te souviens-tu du jour où je t'ai parlé de ces visions, et de ces nombreux cauchemars qui hantent mes nuits, apparus peu de temps après la fin de notre expédition ? Cette horreur n'a cessé de s'intensifier durant ces cinq dernières années, et il m'est aujourd'hui impossible de fermer l'œil sans avoir cette effroyable impression d'être épié par quelque chose, tapi dans l'ombre, immobile et silencieux. Je suis persuadé que tout ceci a commencé dans les montagnes de Yamagata, dans ce temple maudit où nous nous retranchâmes lors d'une escarmouche avec l'armée impériale. J'ai l'intime conviction que je dois y retourner, et que j'y trouverai mon salut. Je sais que tu dois

1. Terrain calcaire à la végétation broussailleuse typique de la région méditerranéenne et qui fait référence ici à la Provence.

me prendre pour un fou, et je ne puis t'en tenir rigueur, car je me demande moi-même si je ne suis pas en train de perdre la raison. Néanmoins, mes nuits sont moins agitées depuis que je suis arrivé, et je suis certain que cela ne va cesser de s'améliorer à mesure que j'approcherai du temple. Lorsque je t'écrirai ma prochaine lettre, je serai délivré de cette affliction, et ma vie pourra reprendre son cours normalement. Transmets mes amitiés à ton époux, et embrasse Mathias et Aurore de ma part. Ton frère, Martin. »

— Inquiétant tout de même, lança le colonel, qui avait troqué sa boîte à tabac pour un coupe-papier trouvé sur une table et qu'il examinait dans tous les sens sans y prêter de réel intérêt.

Le détective parcourait la pièce du regard à la recherche du moindre indice, un détail qui l'interpellerait.

— Vous a-t-il déjà parlé, à vous ou à un autre officier, de ses cauchemars ? Si ses nuits étaient à ce point perturbées, cela a sûrement dû se ressentir sur son humeur, ou sa santé en général.

Le colonel réfléchit un instant avant de répondre.

— Ma foi, pas que je sache… Tussaud est un homme discret et peu causant. Nous ne savons que peu de choses sur sa vie privée. Pas de femme, pas d'enfants, seulement l'armée en guise de famille, et sa sœur, dont nous ignorions l'existence jusqu'à récemment. Après la guerre civile japonaise, Tussaud a pris part à la guerre contre la Prusse, et s'est notamment illustré aux batailles de Champigny et de Sedan, où il a gagné ses galons actuels.

Le détective resta un moment pensif.

— Colonel, je ne voudrais en rien être défaitiste, mais avez-vous songé au pire ? Le lieutenant-colonel a disparu il y a maintenant plusieurs mois et…

— Soyez certain que nous avons cette éventualité bien en tête, le coupa Plantain. Nous sommes parfaitement conscients que les chances de retrouver Tussaud sain et sauf sont très compromises, et ce de jour en jour. Néanmoins, nous devons le retrouver, lui ou ce qu'il en reste, car il y va de l'intégrité de notre armée auprès de l'empereur. Imaginez que Sa Majesté impériale apprenne que nos officiers fuguent et disparaissent dans la nature, sans que nous ne sachions où ils se trouvent... Quelle image donnerions-nous de l'armée française, je vous le demande...

Septime n'ayant rien à répondre à cela, il se contenta de changer de sujet.

— Qu'en est-il de l'agent Matsudaira dans ce cas ? Si je ne m'abuse, elle travaille bien pour le compte du gouvernement japonais ?

— L'agent Matsudaira est employée par les services secrets impériaux, ce qui est légèrement différent, répondit l'officier. Bien que la France soit invitée à titre de prestataire, nos hommes sont surveillés comme le lait sur le feu, et tous nos faits et gestes sont rapportés minutieusement au gouvernement nippon, qui surveille tout naturellement son investissement. Seulement, Tussaud a disparu, et ce au nez et à la barbe des renseignements japonais également, ce qui constitue en soi un grave manquement pour les agents impériaux. Ces derniers doivent donc le retrouver avant que cela ne s'ébruite. Cela fait d'eux des alliés, dans la mesure où nos intérêts convergent. La patrouille que nous avons envoyée aux trousses du lieutenant-colonel opérait sous couvert d'une prétendue mission de formation auprès d'un régiment stationné à Yamagata. Compte tenu du désordre qui règne au sein de l'armée impériale, et de l'absence de coordination des communications entre les casernes, cela n'a pas éveillé les soupçons de l'état-major. Il nous a même donné carte blanche pour notre mission de formation, et ce sur l'ensemble du territoire.

— Merci pour ces précisions, Colonel, à présent tout est clair.

Le détective délaissa la lettre pour s'intéresser à une paire de photos posées négligemment sur le côté du bureau. Sur la première figurait un groupe de militaires français dans leurs plus beaux atours. Sur la seconde posait une petite bande hétéroclite, mélange de soldats français et japonais, avec ce qui pouvait s'apparenter à des samouraïs.

— *Hakodate, république d'Ezo, 29 décembre 1868,* lut Septime à voix haute. Cette femme en haut à gauche…

— L'agent Matsudaira en personne, confirma le colonel. Matsudaira était au service du shogun avant de travailler pour le compte des services secrets impériaux. Elle a accompagné le capitaine Brunet durant toute la durée de la résistance, et de ce fait connaît très bien Tussaud. Vous aurez bientôt l'occasion de lui poser toutes les questions que vous souhaitez.

— Je n'y manquerai pas, vous pouvez en être sûr, répondit Septime.

Regardant une dernière fois autour de lui, il ajouta :

— Je pense que je ne trouverai rien de plus dans cette pièce. De toute évidence, le lieutenant-colonel Tussaud était témoin de phénomènes étranges depuis son passage dans la région de Yamagata, et c'est là-bas que nous en apprendrons plus.

Le colonel se dirigea alors vers la porte.

— Je vais vous donner la clé de votre chambre qui se trouve à l'étage, déclara-t-il. Quant à moi, je retourne à mon bureau. Le lieutenant Durant passera vous prendre demain matin pour vous conduire au train de 8 h 15 à destination de Tokyo.

Une fois là-bas, des chevaux frais vous attendront, et vous prendrez la route pour les montagnes de Nikko, où la patrouille a été aperçue vivante pour la dernière fois, et où elle a été également retrouvée. Avec l'aide de l'agent Matsudaira, vous y récolterez toutes les informations susceptibles de vous aider pour votre enquête. Cette mission est de la plus haute importance, aussi nous comptons sur vous monsieur Klein.

Le colonel fit mine de partir.

— Oh, et une dernière chose ! Les régions dans lesquelles vous allez voyager ont activement soutenu le shogun durant la guerre, et la population locale a payé un lourd tribut. Les rancœurs sont donc toujours vives, et des poches de rébellion subsistent encore par-ci, par-là. Je vous invite donc à prendre garde où vous mettez les pieds, et à vous faire le plus discret possible. Ces terres sont loin d'avoir été entièrement pacifiées, et le danger rôde dans chaque coin d'ombre…

CHAPITRE 2

La montagne aux mille tombeaux

Le train flambant neuf venait de quitter la tumultueuse gare de Yokohama, et suivait de façon monotone les rails qui le mèneraient à la station de Shimbashi, au cœur de Tokyo, la ville nouvelle. Le paysage avait retrouvé un caractère plus calme et sauvage, longeant le bord de mer sous un ciel bleu. L'agent Matsudaira et le détective Klein se faisaient face, tous deux assis sur de confortables banquettes de cuir rembourré. Septime contemplait l'intérieur cossu du wagon tel un enfant émerveillé devant un jouet.

— Le train est-il à votre goût monsieur Klein ? interrogea l'agent impérial d'un air moqueur.

— En effet, je ne peux que constater la qualité d'une telle manufacture, répondit le détective. Nous possédons un grand nombre de lignes de chemins de fer en France, mais je n'ai pas le souvenir d'avoir voyagé dans pareille merveille.

Matsudaira sourit en examinant à son tour la luxueuse cabine.

— La ligne reliant Yokohama à Tokyo a été inaugurée

l'année passée, et constitue la première d'une longue série qui devrait couvrir l'ensemble du pays d'ici une vingtaine d'années.

— Vous devez être fière d'un tel essor économique et industriel pour votre pays, lança Septime en adressant un sourire à son interlocutrice.

Elle était vêtue d'une robe à la mode européenne couleur vert forêt à manches amples, et portait de jolis gants blancs, ainsi qu'un chapeau aux larges bords.

— La vie avant l'arrivée des Occidentaux et de leur industrie n'était pas si désagréable vous savez, répondit-elle d'un ton légèrement provocateur. Pas de guerres, peu d'intrigues politiques, l'harmonie entre les provinces. Nous avons juste troqué la paix pour la modernité, et nous continuons d'en assumer les conséquences…

Le détective, embarrassé, s'empressa de changer de sujet.

— À ce propos, comment vous êtes-vous retrouvée aux côtés de Tussaud et des forces françaises durant la guerre civile ?

— Mon père était un conseiller du shogun, aussi ai-je passé le plus clair de mon existence auprès des samouraïs, répondit l'intéressée. Lorsque les Occidentaux sont arrivés, j'ai saisi cette opportunité afin de me rendre utile aux yeux de la cour, et je me suis mise à l'étude de l'anglais, puis du français.

Septime l'écoutait avec attention. Voyant qu'il ne faisait aucune remarque, l'agent impérial poursuivit son récit.

— Quelques années plus tard, le shogun fit appel aux Français pour moderniser son armée, et je fus nommée en charge de la liaison entre les instructeurs envoyés par l'empereur Napoléon III et nos samouraïs. Lorsque le conflit avec l'empereur Meiji devint inévitable, nous avons affronté son armée en bataille rangée, et nous avons été écrasés par leur puissance de feu supérieure. Ce fut alors le début d'une résistance acharnée, qui nous conduisit toujours plus au nord, jusqu'à la capitulation finale en 1869.

Ils restèrent tous deux silencieux un court instant, profitant du somptueux panorama qui leur était offert à travers la vitre.

— Et malgré cela, l'empereur vous a pardonné, finit par commenter Septime.

— Mes compétences linguistiques, ainsi que mes connaissances sur l'art de la guerre moderne ont séduit Sa Majesté impériale, qui m'a tout de suite trouvé une utilité indéniable. Et c'est ainsi que j'ai rejoint les services de renseignements.

— Voilà une épopée digne des plus grands romans, conclut Septime avec une admiration non feinte. Que pouvez-vous me dire sur Martin Tussaud ? Avez-vous eu l'occasion de le côtoyer ?

Matsudaira marqua un court silence, afin de se replonger dans ses souvenirs.

— C'était un homme assez réservé, qui parlait peu. Il était néanmoins très respecté parmi les hommes du shogun, et s'efforçait toujours d'aider les autres. Le capitaine Brunet le tenait également en grande estime. Je ne puis hélas vous en apprendre davantage… Cependant je ne me fais pas beaucoup de soucis pour lui, car c'est un homme débrouillard, qui sait se faire apprécier. Par ailleurs, ses rudiments de japonais ont pu lui être fort utiles, aussi je suis sûre qu'il est bien vivant, et que nous le retrouverons.

— Avec vous à mes côtés mademoiselle Matsudaira, j'en suis également persuadé, approuva le détective avec une bienveillance qui ne pouvait cependant dissimuler une réelle inquiétude.

Ils se turent un moment pour contempler les rizières à travers la vitre, où nombre de paysans coiffés de chapeaux coniques en bambou tressé travaillaient la terre, le dos courbé et avec de l'eau jusqu'aux mollets.

— Parlez-moi un peu de vous, monsieur Klein. Que faisiez-vous en Cochinchine, avant votre arrivée ? Étiez-vous également parti à la chasse aux démons et aux fantômes ?

Le détective nota avec amusement le ton sarcastique avec lequel la question lui avait été posée.

— Un régiment de légionnaires avait eu la brillante idée d'organiser une petite fête au beau milieu d'un site funéraire, s'attirant ainsi les foudres des autochtones, mais aussi des esprits des défunts qui y résidaient. L'armée a donc fait appel à moi pour apaiser les entités qui s'immisçaient dans les rêves des soldats afin de les transformer en sordides cauchemars, faisant de leurs nuits un véritable enfer.

— Voilà qui est fascinant… Et en même temps déroutant, pour ne pas dire à peine croyable.

Septime ne fit aucun commentaire.

— Croyez-vous aux fantômes, mademoiselle Matsudaira ? finit-il par lui demander après un long silence.

L'espionne sourit, mais comprit bien vite que la question lui avait été posée de façon tout à fait sérieuse.

— Pour être franche, monsieur Klein, je ne sais pas vraiment. Les Japonais sont des gens très superstitieux, et nos campagnes ainsi que nos montagnes font l'objet de quantité de légendes traitant d'esprits, de démons et de sorcières, aussi sommes-nous baignés dans cet univers depuis l'enfance. Néanmoins, ayant parcouru le pays de long en large, je n'ai pour ainsi dire jamais rien vu de bien particulier… Je ne voudrais en aucun cas vous paraître importune, et mettre en doute votre intégrité monsieur Klein, mais tout ceci me parait pour le moins invraisemblable.

— Je n'en prends pas ombrage, ne vous en faites pas, répondit gentiment le détective. Les phénomènes surnaturels ne sont pas choses courantes, et nous avons tendance à vouloir expliquer notre environnement par des faits rationnels. Il n'y a rien d'anormal à cela.

Matsudaira le remercia pour sa bienveillance, puis sortit un épais calepin de sa sacoche.

— Prenez ces notes, avant que je ne les oublie, dit-elle en tendant le document au détective. J'y ai répertorié toutes les légendes associées à la région que j'ai pu trouver à la bibliothèque militaire. La plupart des ouvrages desquels ces notes sont issues datent de plusieurs siècles, aussi en ai-je traduit l'essentiel, et dans la mesure de mes capacités. Vous aurez tout le loisir de les parcourir ce soir, nous sommes presque arrivés…

*

Tokyo, à l'instar de Yokohama, fourmillait d'activités, et les édifices en cours de construction, qui poussaient tels des champignons, s'étendaient à perte de vue. La présence occidentale y était tout aussi perceptible, marquant son influence culturelle, que ce soit en termes d'architecture, de mode, ou bien de mœurs. Septime avait appris que Tokyo, de son ancien nom Edo, avait à partir du XVIIe siècle pris la place de l'ancienne cité impériale de Kyoto en tant que centre politique et culturel du pays. Profitant de plus de deux siècles de paix sous le précédent shogunat, la ville avait attiré à elle les meilleurs penseurs et savants de l'empire, de même que les artisans et les marchands les plus talentueux, lesquels permirent à la cité de se développer au point de devenir l'une des plus grandes capitales du monde. Au loin à l'ouest se dressait, fier et majestueux, le mont Fuji, un immense volcan dont le sommet semblait toucher le ciel, et qui servait de point de repère aux nombreuses provinces qui l'entouraient.

Les deux acolytes empruntèrent de larges rues flanquées de bâtiments en bois coiffés de toits en tuiles noires, et ne dépassant que rarement deux étages. Négociants en légumes et en épices, artisans bijoutiers, pêcheurs et restaurateurs en tout genre travaillaient et échangeaient dans un vacarme assourdissant. Le duo de voyageurs finit néanmoins par atteindre le bout de la rue marchande, où ils étaient attendus par trois hommes en uniforme noir et à la mine patibulaire. Ces derniers conduisirent Matsudaira et Klein à un relais de poste, où trois fringants chevaux les attendaient. Naomi et Septime installèrent leurs bagages sur l'un des destriers, et montèrent les deux autres, avant de s'engager sur une route de terre qui menait au Nord. Ils quittèrent rapidement la ville, pour retrouver le calme de la campagne.

Les aventuriers traversèrent rizières et prairies, franchirent une série de petites rivières, et empruntèrent de nombreux sentiers forestiers, avant de pénétrer dans le premier col de montagne. La route était sinueuse et pentue, et c'est au coucher du soleil qu'ils arrivèrent dans la vallée où se situait le fameux village de Nikko. Ce dernier n'avait rien à voir avec les grandes villes sur la côte, ayant conservé tout son caractère traditionnel et rustique. Septime se sentit soudain submergé émotionnellement, comme si de puissantes énergies l'avaient traversé de toutes parts. Des voix se mirent à résonner dans sa tête, lancinantes, lointaines. Il fronça les sourcils et se massa les tempes.

— Tout va bien monsieur Klein ? Vous semblez fiévreux, s'inquiéta Matsudaira.

— Ce n'est rien, ne vous en faites pas, répondit Septime en ayant recouvré ses esprits. Il règne de puissantes forces dans ces montagnes. Je perçois beaucoup d'amertume... Et de colère en ces lieux...

Ils scrutèrent ensemble la sombre forêt entourant la vallée.

— La région de Nikko est réputée pour les nombreuses tombes de samouraïs qu'elle abrite, déclara l'agent impérial. De puissants guerriers de jadis reposent ici. Un poète a un jour nommé cet endroit « La montagne aux mille tombeaux ».

— Tout à fait charmant, commenta le détective avec sarcasme.

— Allons monsieur Klein, vous qui avez l'habitude d'arpenter les cimetières et autres châteaux hantés, je suis sûre que vous vous sentirez parfaitement à votre aise ici...

Ils longèrent une petite rivière aux eaux cristallines, et passèrent devant un hôtel en construction, de style européen. L'agent impérial expliqua sur le chemin que la région était depuis peu prisée par bon nombre de riches voyageurs, venus pour certains du bout du monde. Nombreux étaient ceux qui avaient jeté leur dévolu sur ce havre de paix, avec ses lacs aux eaux limpides et ses jolis vallons boisés, qui inspiraient peintres, poètes et romanciers. Les deux aventuriers firent halte dans une auberge faite entièrement de bois et de papier. Le propriétaire, un petit homme joufflu et jovial, les accueillit avec emphase, et les conduisit à leurs chambres respectives. À peine avaient-ils déposé leurs bagages qu'ils quittèrent l'établissement afin de se rendre à la caserne perchée sur les hauteurs. Matsudaira désirait obtenir des informations auprès du capitaine en charge. Ils se présentèrent tous deux aux portes du camp fortifié. L'espionne montra aux sentinelles un insigne en argent qui représentait des caractères incrustés dans une fleur de cerisier stylisée. Les hommes s'inclinèrent, puis ouvrirent les lourdes portes de bois. Une série de canons flambant neufs était disposée en rang sur le côté, non loin de mitrailleuses Gatling américaines dernier cri. Plus loin au centre de la caserne, une troupe marchait au pas, fusil à l'épaule, en chantant avec entrain. Un homme en tenue d'officier bleu foncé et coiffé d'une casquette à liseré doré vint à la rencontre des nouveaux venus, suivi de deux subalternes. L'individu était carré d'épaules, et son visage était sévère.

— Le capitaine Saito, annonça Matsudaira à voix basse. Une des toutes premières recrues de l'armée impériale. Il a combattu les forces du shogun avec zèle, et s'est doté d'une réputation de bourreau. C'est un homme carriériste et implacable, aussi vous conseillerai-je la plus grande prudence face à lui…

L'agent et l'officier se saluèrent avec raideur, et ne s'échangèrent aucune autre politesse. Ils conversèrent un moment dans leur langue, sans que le capitaine ne prête attention au détective. Les réponses de Saito étaient brèves et tranchantes, et Septime en déduisit bien vite qu'ils n'étaient pas les bienvenus. Après un moment qui lui sembla une éternité, Matsudaira se tourna finalement vers lui.

— Partons monsieur Klein, nous n'apprendrons rien ici.

Les deux acolytes quittèrent le camp sous l'œil inquisiteur du capitaine Saito. Il croisa le regard de Septime, et ce dernier y décela une profonde hostilité.

— Quel grossier personnage, finit par dire Matsudaira alors qu'ils avaient franchi les portes de la caserne. Un parvenu, un moins-que-rien, qui se prend pour un seigneur de guerre ! L'armée a encore fait une fameuse recrue…

— Vous a-t-il au moins dit quelque chose d'intéressant ? demanda Septime, soucieux de ne pas attiser davantage la colère de la jeune femme.

— Il prétend n'avoir vu passer aucun étranger, et encore moins de militaires, mais nous savons de source sûre que les hommes du colonel Plantain sont passés par Nikko il y a quelques semaines. Ce fourbe de capitaine ment comme il respire.

— Quel intérêt aurait-il à nous cacher ce genre de chose ? questionna Septime un peu surpris.

— Je n'en ai aucune idée, vraiment…

Le détective garda un moment le silence, afin que sa partenaire puisse se calmer, ce qu'elle fit rapidement.

— Ce n'est pas grave, nous interrogerons les villageois demain, finit-elle par dire d'un ton nettement plus apaisé. Rentrons à l'auberge à présent. La nuit tombe et je meurs de faim…

*

Septime se relaxait dans une source chaude, fraîchement rassasié par un copieux dîner composé de nouilles de blé noir, de chevreuil grillé, ainsi que de petits légumes marinés dans de la pâte miso. Le bain était situé dans l'arrière-cour de l'établissement, au milieu d'un petit jardin zen, offrant un cadre somptueux sous cette belle nuit étoilée. Dès son arrivée, le détective avait été conquis par la majesté des lieux, tant par leur beauté que par les forces impénétrables qui y régnaient. Il sortit finalement du bain, et revêtit un yukata* en coton. Non loin de son futon* posé à même un tatami* se trouvait le calepin de notes de l'agent Matsudaira. Le détective s'en empara afin d'en entreprendre la lecture. Une impressionnante quantité de spectres, de démons et de créatures en tout genre y était recensée. On pouvait y trouver notamment une description du Kappa, une sorte de tortue humanoïde qui attirait ses malheureuses victimes au bord des points d'eau afin de les noyer. Il était également question d'ogres cornus appelés Oni, ou bien de femmes serpents nommées Nure-Onna. La liste était exhaustive, et Septime en dévorait chaque page avec un grand intérêt. À l'instar de ce qu'il avait pu observer lors de son séjour en Cochinchine, le détective découvrit que le folklore japonais entretenait d'étroites relations avec la nature, et que chaque animal, chaque arbre, chaque pierre pouvait détenir un caractère ésotérique, voire religieux. Hélas, il ne trouva aucune mention d'un esprit ou d'une quelconque malédiction qui aurait pu être liée, de près ou de loin, au meurtre des éclaireurs. Exténué par cette longue journée, Septime finit par s'abandonner aux bras de Morphée, et sombra dans un profond sommeil.

*

Les flammes dansaient sur le toit du château, tandis qu'un déluge de traits de feu couvrant le ciel s'abattait de part et d'autre du mur d'enceinte. Le son tonitruant des volées des arquebuses ne pouvait couvrir les abominables cris de souffrance et de rage qui résonnaient sur tout le champ de bataille, et dont l'écho se répercutait au-delà des montagnes. Des légions de guerriers en

---

* Les termes suivis d'un astérisque sont définis dans le glossaire page 245.

armure, arborant sur leurs casques tantôt des cornes de buffle, tantôt des bois de cerf, se livraient un combat sans merci, au milieu des cadavres, pataugeant dans la boue immaculée de sang. Septime assistait impuissant au carnage, assourdi par les hurlements inhumains et les cris d'agonie des mourants, qui gisaient sur le sol par milliers, jusqu'à perte de vue. Il fut soudain happé par une force invisible pour atterrir en un lieu sombre et silencieux. Des stèles de pierre, dressées vers le ciel telles des obélisques, sur lesquelles étaient gravés des caractères à moitié recouverts de mousse verte, occupaient une petite colline au cœur d'une obscure forêt, éclairée par une lune rouge. D'étranges et terrifiants ectoplasmes sortirent de sous terre, prenant la forme d'hommes difformes, emprisonnés dans de lourdes armures, et arborant des masques funéraires en guise de visages. Tous se tournèrent lentement vers l'intrus, et pointèrent lentement du doigt un coin de la forêt où ne régnaient que les ténèbres. Septime regarda plus attentivement, et décela soudain les contours d'un homme immobile, tapi dans l'ombre. Le détective ne pouvait voir son visage, mais il savait que l'homme l'observait. Les poils sur ses avant-bras se hérissèrent, et son corps entier fut parcouru de frissons. Il entendit un léger murmure, un chuchotement, qui se fit de plus en plus persistant, de plus en plus omniprésent, jusqu'à résonner dans ses tempes, dans son crâne et bientôt dans tout son être. Il se prit la tête à deux mains, ses jambes fléchirent et il se tordit de douleur, tandis que l'homme de l'ombre était toujours là, dans le noir, à le regarder…

Septime se réveilla en sursaut, tentant tant bien que mal de reprendre sa respiration. Il était en nage, et regardait frénétiquement autour de lui. La lumière de la lune filtrait à travers les battants en papier de riz, dévoilant les moindres recoins de la chambre, qui était vide. Dehors, seul le hululement d'une chouette venait perturber le calme qui régnait en cette nuit fraîche et paisible. Le détective recouvra ses esprits, et ne mit guère de temps à se rendormir, sans que son sommeil ne fût cette fois perturbé par de sombres rêves…

*

Les deux voyageurs s'étaient levés aux aurores, et chevauchaient à présent vers le Nord-Est, en compagnie d'un villageois qui avait accepté de leur servir de guide jusqu'à la clairière où les corps des soldats français avaient été retrouvés. Matsudaira avait troqué sa robe de ville pour une tenue d'exploratrice, revêtant une culotte de chasse et des bottes de cuir ainsi qu'un bustier. Ce devait être la première fois que Septime voyait une femme porter un pantalon, mais la chose qui aurait dérouté bien des hommes de son temps lui paraissait au contraire tout à fait appropriée au caractère intrépide et indépendant de l'espionne.

— Vous faites une drôle de tête, monsieur Klein, est-ce que vous allez bien ? s'inquiéta l'agent impérial.

— Oui, je… Ne vous en faites pas, j'étais juste perdu dans mes pensées, répondit le détective.

Matsudaira sourit.

— Vous n'avez pas dit un mot depuis que nous avons quitté l'auberge, dit-elle sans le regarder. Ma présence vous intimide-t-elle à ce point ?

Elle esquissa un petit sourire moqueur.

— Pas du tout je… Il est vrai que ma profession m'amène à me retrouver souvent seul, ce qui peut me rendre asocial par moments, répliqua Septime avec embarras. Veuillez m'en excuser si tel est le cas.

— Il n'y a rien à excuser, monsieur Klein, ajouta-t-elle gentiment. Je voulais juste m'assurer que vous ne vous sentiez pas mal à l'aise en ma compagnie.

— Du tout, rétorqua le détective. À propos, je vous en prie, cessez de m'appeler monsieur Klein, et appelez-moi par mon prénom, Septime.

— Soit, approuva-t-elle en lui adressant un regard espiègle. Je me prénomme Naomi, mais les gens de mon entourage m'appellent par le diminutif Nao, comme il est souvent de coutume par chez nous. Pour vous, ce sera également Nao.

— Eh bien je ne sais si cela est convenable et...

— J'insiste, riposta l'espionne avec bienveillance.

— Soit, Nao donc, admit Septime.

Elle le gratifia d'un joli sourire, puis pressa les talons sur sa jument, afin de prendre la tête du convoi. Ils suivirent une route vallonnée pendant plusieurs heures, avant d'arriver à un petit lac, formé dans les vestiges d'un cratère volcanique. Sur la rive sud de ce dernier se trouvait un petit sous-bois, dans lequel le guide les mena. Ils y trouvèrent une petite clairière entourée de conifères, recouverte d'une herbe bien verte. Septime et Naomi posèrent pied à terre, et commencèrent leur investigation.

— Notre guide ne nous suit pas ? interrogea le détective.

— Les habitants de la région refusent de pénétrer dans la clairière, qu'ils considèrent comme maudite depuis l'incident, répondit l'espionne. C'est déjà un miracle d'avoir pu trouver quelqu'un d'assez téméraire pour nous y conduire.

Septime se retourna pour observer le guide qui gardait les chevaux à côté d'un arbre, le teint livide et les yeux agrandis par la peur, à l'instar des destriers qui ne cessaient de renâcler. Naomi de son côté examinait le sol au centre de la clairière.

— Des copeaux de bois calcinés depuis plusieurs semaines, constata-t-elle. Voici tout ce qui reste du campement…

Le détective examina de son côté la scène du crime avec minutie, passant au peigne fin chaque brindille d'herbe, à la recherche d'un indice que l'armée aurait négligé. Il y passa de longues minutes, sans y trouver la moindre piste intéressante. Sa main effleura le sol, et il fut soudain interloqué par quelque chose.

— Nao, venez voir, l'interpella-t-il. Touchez l'herbe ici, puis un peu plus loin sur la droite.

L'agent impérial s'exécuta, et constata avec surprise que le sol était gelé à certains endroits.

— Ça alors ! s'exclama-t-elle. Pensez-vous que…

— Qu'il s'agisse des emplacements exacts où les corps ont été retrouvés, la coupa Septime, cela me semble plus que probable. Si vous tâtonnez tout autour, vous remarquerez que la surface froide correspond à celle que pourrait prendre un corps recroquevillé. Si vous continuez un mètre plus loin, vous ferez le même constat.

Naomi se retourna vers le guide, qui ne les avait pas quittés des yeux depuis son arbre.

— Avez-vous déjà eu affaire à ce genre de chose par le passé ?

— Certaines entités peuvent produire de tels effets, expliqua Septime. Il est commun d'observer une chute brutale de température en présence d'une force venue de l'autre monde. Mais ce phénomène ne dure généralement que quelques minutes, tout au plus quelques heures pour les entités les plus puissantes, ce qui n'est pas le cas dans la situation présente. Je crains bien que le mystère ne s'épaississe…

Septime fut attiré par une ombre entre les arbres, qui

semblait vaguement épouser la silhouette d'un homme. La chose resta immobile, comme un guetteur à l'affût, puis disparut en un battement de cils. Le détective se frotta les yeux. Ils inspectèrent les lieux pendant près d'une heure durant, puis, ne trouvant rien qui puisse les aider dans leur quête, ils reprirent la route vers les montagnes de Yamagata...

*

La nuit venait juste de tomber lorsque les deux aventuriers atteignirent le relais de voyageurs, situé au beau milieu de la forêt. Ils ne trouvèrent pas âme qui vive à l'intérieur du sombre édifice de bois et de chaume, aussi Septime s'empressa de préparer un feu dans l'âtre, situé au milieu de la grande pièce commune. Naomi enfilait des petites boulettes de mochi* sur des bâtonnets, tandis que son comparse vidait le contenu d'une boîte de conserve dans une petite cassolette en fonte. Les boulettes de riz gluant locales se mariaient étonnamment bien avec le ragoût de bœuf bourguignon, et ainsi purent-ils se repaître de cet éclectique mais non moins agréable repas. Ils restèrent un moment silencieux, à contempler les braises rougeoyantes dans l'âtre.

— Dites-moi, Septime, commença-t-elle après un long silence, je songeais à Tussaud : pensez-vous qu'il ait subi le même sort que les soldats ? Je veux dire, cette personne ou cette chose qui s'en est prise aux éclaireurs... Peut-être maintient-elle le lieutenant-colonel captif, et fait en sorte de nous dissuader de partir à sa recherche en éliminant toute menace potentielle ?

Le détective resta un moment silencieux, en méditant sur la question.

— Je n'en ai pas la moindre idée, finit-il par admettre. Nous n'avons que trop peu d'éléments pour que l'on puisse en tirer une conclusion. Pour le moment, notre objectif principal est de retrouver le lieutenant-colonel, et dans un deuxième temps élucider le mystère de la clairière. Il est fort possible que la disparition de Tussaud n'ait aucun rapport avec la mort des soldats. Par ailleurs…

— Chut ! Écoutez, le coupa Naomi.

Ils restèrent sans bouger, à l'affût du moindre bruit. Septime balayait du regard la pièce à demi plongée dans la pénombre, tandis que l'espionne se concentrait sur l'une des fenêtres de papier, vers laquelle elle avait cru entendre des pas. Une latte de bois de la petite terrasse à l'entrée du bâtiment se mit soudain à grincer.

— Couchez-vous ! s'écria-t-elle.

À peine l'avait-elle mis en garde qu'un minuscule projectile filant comme le vent transperça le papier de la fenêtre, pour aller se figer à un cheveu de l'épaule droite du détective. Ce dernier bondit vers sa sacoche, et en sortit son revolver Galand. Naomi quant à elle s'équipa d'un petit pistolet à deux coups qu'elle gardait dans sa poche de veston, avant de jeter le contenu d'un petit seau cerclé de bois dans l'âtre. Ils se retrouvèrent tous deux plongés dans le noir, accroupis dans des recoins opposés de la pièce, face aux portes coulissantes de l'entrée. Le cœur de Septime battait tel un tambour. Une lame surgit soudain, pourfendant papier et renforts de bois en un éclair. Un homme se faufila à travers la fente, le sabre à la main, se ruant à l'intérieur de la pièce tel un damné. Naomi et Septime firent feu en même temps, et l'homme s'effondra au sol sans un cri. Un deuxième projectile, furtif et rapide comme l'éclair, atterrit à quelques centimètres du visage du détective.

— Nous ne tiendrons pas longtemps ici ! lui cria l'espionne. Sortons et allons nous abriter derrière le tas de bois, c'est notre seule chance !

Septime tira deux coups vers la porte d'entrée afin de couvrir leur retraite, tandis que Naomi sortit par la petite porte en effectuant une roulade. Un homme les y attendait, et frappa de taille[1] à l'aide de son sabre, manquant l'espionne qui venait de rouler à ses pieds. Cette dernière se retourna et tira sa deuxième munition, qui atteignit l'agresseur en pleine tête. Septime lui agrippa la main, puis tous deux filèrent derrière le tas de troncs d'arbres dans l'arrière-cour. Les assaillants avaient troqué leurs sabres pour des armes à feu, et les tirs abreuvèrent bientôt les deux aventuriers dissimulés derrière leur protection sommaire. L'impact des balles sur les troncs fit jaillir une multitude de copeaux et de bouts d'écorce, dans un vacarme assourdissant, qui fit hennir les chevaux placés non loin. Naomi venait de recharger son arme, et attendait de trouver une fenêtre de tir adéquate. Septime quant à lui repéra un assaillant qui tentait de les flanquer par la gauche. Il ajusta sa mire et tira. La balle manqua sa cible de peu. L'individu mit en joue le détective, mais rata lui aussi son tir. Septime ne commit pas la même erreur, et toucha l'homme en pleine poitrine au deuxième coup tiré. Il s'empressa ensuite de recharger son arme, piochant dans sa poche les cartouches de douze millimètres qu'il y avait entassées à la hâte.

— Couvrez-moi Septime, je vais tenter une manœuvre par la droite !

Le détective n'eut pas le temps de dire un mot que l'agent Matsudaira s'était déjà faufilée dans l'ombre. Il pointa son revolver au-dessus de sa tête, et tira trois coups à l'aveugle.

---

1. En utilisant le tranchant de l'arme, tandis que l'on frappe d'estoc avec la pointe.

Les assaillants répondirent en canardant sa position. Il entendit une détonation en provenance de la forêt sur sa droite, suivie du râle d'un homme agonisant. Un deuxième coup fut tiré peu après, plus proche, et le silence se fit. C'est alors qu'un homme surgit par surprise sur le flanc droit de Septime, pointant un long poignard dans sa direction. Le détective esquiva la lame de justesse juste avant qu'elle ne lui perce le front, mais ne put hélas éviter le genou de son adversaire qui vint percuter sa mâchoire. Sonné, le malheureux tomba en arrière, lâchant son arme au passage. Son adversaire s'apprêtait à frapper de nouveau à l'aide de son arme, lorsqu'il fut stoppé net par un tir en plein dans la trachée. L'assassin s'effondra au sol et fut pris de convulsions, avant de finalement rendre l'âme. Naomi rangea son arme, et vint aider son coéquipier à se relever.

— Tout va bien ? s'enquit-elle en ramassant l'arme du détective qui pansait sa lèvre ensanglantée à l'aide d'un vieux mouchoir en tissu.

— Je crois, répondit-il en faisant la grimace.

— Le colonel Plantain ne m'avait pas précisé que je devais faire office de garde du corps en plus d'être votre guide, ironisa Naomi avec un sourire moqueur. J'espère que vos fantômes vous causeront moins de soucis…

— Mes « fantômes » comme vous dites, m'attaquent rarement à la carabine et au coutelas pour être tout à fait franc, rétorqua le détective piqué au vif. J'ai connu des comités d'accueil de toute sorte dans les nombreux pays que j'ai eu la chance de visiter, mais je dois admettre que c'est une première à ce niveau-là !

— J'en suis moi-même étonnée, renchérit l'espionne qui avait repris son sérieux.

Elle se pencha pour examiner le cadavre à leurs pieds.

L'homme était tout de noir vêtu, et arborait une sorte de turban autour de la tête, dissimulant également le bas de son visage. Septime de son côté partit inspecter un autre corps un peu plus loin.

— Une carabine Henry américaine, déclara Septime en ramassant l'arme près de son défunt propriétaire, en l'éclairant à l'aide d'une allumette qu'il venait de gratter.

Il fut attiré par un tube en bambou dépassant d'une sacoche.

— Ne touchez pas à ça, le mit en garde l'espionne. Les projectiles de cette sarbacane sont empoisonnés, et vous avez par deux fois échappé de peu à une mort certaine…

Septime démasqua le cadavre, dont le visage mal rasé avait les traits d'un homme japonais dans la petite trentaine.

— Cette tache de naissance sur le coin de l'œil gauche, remarqua le détective à voix haute. Cet homme était aux côtés du capitaine Saito lors de notre visite du camp !

— En êtes-vous certain ? demanda Naomi en s'approchant du corps.

— J'y mettrais ma main à couper.

— Tout ceci n'a absolument aucun sens, songea-t-elle à voix haute. Pourquoi l'armée aurait-elle reçu l'ordre de nous éliminer ?

— Je n'en ai aucune idée, répondit Septime. Cette enquête devient des plus complexes, et surtout des plus dangereuses…

L'espionne regarda autour d'elle d'un air méfiant.

— Pensez-vous que d'autres pourraient venir ? s'inquiéta le détective.

— Je suggère que nous ne nous attardions pas plus ici pour le découvrir. Pour l'heure, allons trouver un coin sûr afin de nous reposer. Nous éclaircirons tour ceci demain à l'aube…

CHAPITRE 3

Les guerriers oubliés

Les aventuriers avaient passé le restant de la nuit au sommet d'un promontoire qui donnait sur le relais de voyageurs dans lequel ils avaient été attaqués. Ils s'étaient reposés à tour de rôle et n'avaient que très peu dormi. C'est donc aux premières lueurs de l'aube que l'espionne et le détective reprirent leur route vers la région de Yamagata, où ils espéraient en apprendre davantage sur la disparition du lieutenant-colonel Tussaud. Les indices étaient jusqu'à présent très maigres, et l'inspection de la clairière où l'on avait retrouvé les corps des éclaireurs avait soulevé plus de questions qu'elle n'avait apporté de réponses. Mais le plus troublant demeurait cette attaque des hommes du capitaine Saito, la nuit passée. Tant de mystères et de questions hantaient les esprits, et le moral du tandem était au plus bas.

— Je n'arrive toujours pas à croire ce qui s'est passé, s'énerva Naomi sur sa selle. Pourquoi Saito nous chercherait-il querelle ? Agit-il en son nom, ou bien sous les ordres de l'empereur ? Il est sûrement responsable de la mort des éclaireurs, et peut être même de la disparition de Tussaud !

— Évitons les conclusions hâtives, corrigea calmement Septime. N'oubliez pas dans quel état nous avons retrouvé les corps des soldats… Je ne connais aucune arme capable de provoquer de telles réactions sur des tissus humains, quand bien même proviendrait-elle de l'impressionnant arsenal du capitaine.

L'espionne tentait de maîtriser sa colère, en cherchant désespérément une logique à tout ceci.

— Nous devrions peut-être rebrousser chemin et prévenir le colonel Plantain, finit-elle par suggérer. C'est peut-être le seul homme en qui nous pouvons avoir confiance désormais.

— Nous n'avons hélas aucune preuve tangible à présenter, et je doute que le colonel soit prêt à entamer un conflit avec l'armée impériale sur de simples suppositions. Cela pourrait avoir des conséquences désastreuses sur les relations entre nos deux pays comme vous pouvez l'imaginer.

— Vous avez sûrement raison, conclut Naomi, après un moment de réflexion. Il en va de même pour les services secrets. Ils ne voudront jamais compromettre la mission. Nous sommes bel et bien livrés à nous-mêmes…

Ils pénétrèrent dans une petite vallée entourée d'arbres de toutes les couleurs. Le ruisseau qui la traversait charriait des feuilles mortes aux différentes tonalités de rouge, voguant majestueusement vers l'inconnu. Les aventuriers retrouvèrent un peu de gaieté devant la majesté des forêts automnales, et s'engagèrent sur un chemin qui serpentait le long des masses rocheuses. Ils étaient déjà bien avancés sur la route sinueuse, lorsque Septime fut attiré par des oiseaux qui s'envolèrent brusquement au-dessus de la forêt en contrebas. Le détective scruta l'orée du bois, et crut entendre l'écho de bruits de sabots martelant le sol. Un groupe de cavaliers surgit soudain au galop. Ils étaient au nombre de huit, et étaient vêtus d'uniformes de l'armée impériale.

— Des amis à vous ? demanda Septime en posant la main sur la crosse de son revolver.

— Cela m'étonnerait, répondit Naomi, en pressant sa jument.

Septime aperçut un des hommes sortir une carabine d'un holster fixé à sa selle, et comprit bien vite qu'ils étaient pris en chasse. Il claqua la croupe du cheval aux bagages, qui fila à toute allure vers le sommet, et lui emboîta le pas aux côtés de Naomi. Une course-poursuite s'engagea alors sur la dangereuse route de montagne escarpée, sur laquelle il y avait à peine la place pour faire tenir deux chevaux côte à côte. Le détective et sa comparse entendirent les premiers coups de feu tirés par leurs poursuivants, qui galopaient avec hargne et vigueur afin de les rattraper. Les projectiles sifflaient aux oreilles de l'espionne, qui dégaina son arme afin de riposter. Elle profita d'un virage pour se retourner, et pressa la détente en visant tant bien que mal le premier poursuivant. La munition partit s'écraser sur la roche, manquant de peu sa cible. Un des soldats négocia mal un virage. Son cheval dérapa, les entraînant lui et son cavalier dans le vide. L'homme poussa un hurlement qui résonna dans toute la vallée, avant de se fracasser le crâne sur les rochers. Les sept autres ne ralentirent pas pour autant, et se rapprochèrent dangereusement des deux aventuriers. Une balle vint effleurer le bras gauche de Septime, l'écorchant légèrement au passage. Ce dernier se retourna et fit feu dans le tas, touchant un des cavaliers à l'épaule, lequel lâcha son arme sous le choc.

Les deux acolytes parvinrent au bout du chemin, qui donnait sur un étroit col, bloqué par un conifère qui s'était abattu sur le côté. Ils freinèrent leurs montures *in extremis*, juste avant que ces dernières ne s'empalent sur les branches cassées de l'arbre.

— Bon sang, que fait-on maintenant ? demanda Septime hors d'haleine.

— Mettons pied à terre et tenons la position à couvert derrière le pin !

À peine venaient-ils de se positionner que les soldats déboulèrent sur le sentier. Ils formèrent une ligne face à leurs deux opposants. L'homme blessé à l'épaule cria quelque chose à leur attention, tandis que ses camarades les tenaient en joue, prêts à faire feu.

— Il nous demande de nous rendre, et nous garantit qu'aucun mal ne nous sera fait, traduisit Naomi.

— Et vous le croyez ? s'étonna Septime, le revolver pointé vers l'un des carabiniers.

— Évidemment que non ! répondit l'agent impérial. Occupez-vous des trois de droite, moi je me charge…

Un coup de feu retentit soudain sur les hauteurs, suivi d'un deuxième, puis encore d'un autre. Trois des sept cavaliers furent touchés, et s'effondrèrent au sol, tandis que les chevaux se cabraient et hennissaient de terreur, provoquant la débandade dans le petit groupe d'assaillants. Les survivants tirèrent sur les brides de leurs montures, et tentèrent de fuir, mais les tireurs invisibles ne leur laissèrent aucune chance. Un seul homme parvint à échapper au massacre, talonné par quelques chevaux sans cavaliers. Naomi et Septime se levèrent, éberlués et encore sous le choc, eux qui venaient d'échapper de peu à une mort presque certaine. Ils scrutèrent les hauteurs à la recherche de leurs sauveurs, qui demeuraient invisibles. Ils entendirent des pas derrière eux, et se retournèrent pour faire face à un groupe de gens armés de fusils à verrou, qu'ils pointaient dans leur direction. Les hommes contrastaient fortement avec ceux que Septime avait pu voir en ville ou dans l'armée impériale, avec leurs longs cheveux coiffés en chignon, et leurs kimonos semblables à ceux que portaient les samouraïs sur les photos du lieutenant-colonel Tussaud. Certains des fusiliers étaient équipés de plastrons faits de lattes d'acier sur lesquels étaient peints des symboles unicolores à moitié effacés par le temps. Quelques-uns étaient tantôt coiffés de hauts chapeaux noirs semblables à des bicornes frontaux, tantôt de simples bandeaux qui ceignaient leurs fronts. L'un d'entre eux s'avança hors du groupe, et écarquilla les yeux à la vue de Naomi. Celle-ci, également surprise, se jeta finalement dans ses bras, sous les regards interloqués des autres tireurs, qui abaissèrent leurs armes.

— Septime, permettez-moi de vous présenter Yasuhiro Nakajima, qui a pris part à la guerre sous les ordres du capitaine Brunet !

— C'est un honneur de vous rencontrer, annonça l'homme à l'attention de Septime.

Il s'était exprimé en français, avec un très fort accent, mais avec une bienveillance toute particulière à l'encontre du détective. Ce dernier accepta la poignée de main qui lui était offerte, et se présenta à son tour. Il remarqua après coup que le fusil du dénommé Nakajima était un Chassepot, arme régulière de l'infanterie française. Il portait également un sabre japonais à sa ceinture, à l'instar de ses compagnons d'armes. À en juger par leur posture ainsi que par leurs visages balafrés pour la plupart, les guerriers devaient avoir connu plus d'une bataille. Nakajima semblait être quant à lui un des plus jeunes de la bande, et ne devait sûrement pas dépasser les trente-cinq printemps. Il ordonna quelque chose à ses camarades, puis s'adressa de nouveau à Naomi.

— Les hommes de Nakajima-san* vont rester pour s'occuper des corps et surveiller la route, tandis que nous le suivrons jusqu'à son village, annonça l'espionne. Les soldats pourraient revenir, aussi vaut-il mieux ne pas traîner.

— Nao, pensez-vous qu'il est bien judicieux de se mêler à des rebelles ? s'inquiéta le détective. Il est inutile de vous rappeler que nous sommes employés par l'armée française, elle-même employée par l'armée impériale qui je vous le rappelle…

— Cette même armée impériale qui à deux reprises a tenté de nous éliminer, le coupa l'espionne. Nous sommes bien loin de Yokohama et de l'influence que le colonel Plantain peut y avoir. Nous devons trouver des alliés, sans quoi nous ne ferons pas long feu.

Septime n'était pas du tout emballé à l'idée d'accepter l'hospitalité de séditieux, mais il ne pouvait hélas donner tort à sa collègue. Il croisa le regard de Nakajima, qui semblait être celui d'un honnête homme.

— Soit, allons-y, concéda-t-il. J'espère seulement que vous savez dans quoi nous mettons les pieds…

*

Le petit village isolé au cœur des montagnes offrait un panorama des plus bucoliques, avec ses maisonnettes traditionnelles, au milieu des cerisiers. Septime était devenu le centre d'attention des enfants, qui n'avaient jamais vu d'étranger, mais aussi des femmes, qui gloussaient en lui jetant des regards furtifs. Il était assis aux côtés de Naomi, de Nakajima et de ses hommes autour d'une grande table basse rectangulaire, recouverte de victuailles. Boulettes de riz et truites grillées se mêlaient aux radis rôtis, patates douces fumées et autres œufs de caille marinés.

Le détective avait appris sur le chemin que leurs hôtes faisaient partie des derniers rebelles s'opposant à la suprématie de l'empereur. Ils étaient fort peu nombreux, et les rares embuscades qu'ils tendaient aux patrouilles n'attiraient visiblement pas l'attention de l'état-major à Tokyo. Ils se contentaient donc de vivre en autarcie, loin du monde moderne et de ses contraintes, tels des guerriers oubliés de l'Histoire. Ces conditions difficiles n'empêchaient pas leurs hôtes d'être des plus accueillants, et leur joie communicative réchauffait le cœur de leurs deux invités. Septime était également frappé par la simplicité et la familiarité dont ils faisaient preuve à leur égard, chose qui contrastait fortement avec la rigidité et la distance instaurée par les gens de la ville, pour qui le simple fait de se toucher pouvait constituer un affront.

L'agent Matsudaira s'entretenait avec le chef des rebelles. Elle avait un air sérieux, et les nouvelles ne devaient pas être heureuses. Voyant que Septime était pendu à leurs lèvres, Naomi s'excusa auprès de Nakajima, afin de rendre compte de leur conversation à son compagnon de route.

— Il semblerait que nous nous soyons mis à dos un adversaire de taille, expliqua Naomi. L'influence de Saito n'a cessé de s'étendre depuis la fin de la guerre, et ce bien au-delà de ces montagnes. Il est visiblement connu dans toute la région pour sa cruauté et sa malveillance, et les exactions commises dans des villages qui étaient jadis loyaux envers le shogun sont légion.

— Cela ne nous dit pas pourquoi le capitaine souhaite

notre mort, à nous, deux voyageurs de passage, commenta le détective.

— Nakajima pense que Saito veut dissimuler quelque chose, et qu'il ne souhaite pas permettre à des témoins gênants de se déplacer à leur guise dans sa zone d'influence, et de potentiellement rapporter leurs découvertes auprès des hautes instances.

— Et ainsi continuer à régner en despote local, loin de tout contrôle… Cela se tient en effet, admit Septime.

Le guerrier saisit une petite fiole en terre cuite contenant du saké*, et resservit ses invités, qui le remercièrent poliment.

— Il y a autre chose que vous devez savoir Septime. Martin Tussaud est passé par le village il y a de cela plusieurs semaines. Il n'est resté qu'une nuit, et ne s'est pas étalé sur le but de son voyage, si ce n'est qu'il souhaitait se rendre dans la région de Yamagata. Il a combattu aux côtés de Nakajima durant la guerre, aussi l'a-t-il accueilli comme un ami. Le lieutenant-colonel lui a paru fatigué, et terriblement troublé, mais notre hôte n'a pas voulu insister face au silence de son invité. Ce dernier est parti à l'aube avec quelques provisions, et on ne l'a pas revu depuis lors…

— Au moins nous savons que Tussaud est parvenu sain et sauf jusqu'ici, ce qui veut dire que nous sommes sur la bonne voie, observa Septime.

— Nous partirons à sa recherche demain matin. Pour l'heure, les rebelles nous offrent l'hospitalité pour la nuit. Nous devrions en profiter pour prendre des forces, car il nous reste encore un long voyage à parcourir…

*

Les guerriers oubliés

L'homme courait à en perdre haleine dans l'obscurité, s'enfonçant toujours plus dans les profondeurs de la forêt. Il se retournait de temps à autre, terrifié, afin de jauger la distance qui le séparait de son poursuivant. Maintes fois il chuta en heurtant une racine ou un rocher, et les branches des buissons lui écorchèrent le visage à de très nombreuses reprises, mais l'homme poursuivait sa course folle dans les ténèbres. Tout ce qui lui importait dorénavant était d'échapper aux ombres. Elles avaient épousé une forme humaine, sous les traits d'un vieillard difforme et malingre, dont le visage restait dissimulé dans le noir. L'être, ou plutôt la chose, se rapprochait, à un rythme régulier. Les rochers et les racines ne le faisaient pas chuter, les buissons, les arbres et les ronces ne le ralentissaient pas, comme si les lois de la nature se pliaient à sa volonté. Un horrible son guttural et lancinant s'échappa de ses cordes vocales atrophiées. Un son terrifiant, dont la monstruosité dépassait la compréhension humaine. L'individu en fuite chuta de nouveau, et s'étala de tout son long. Il se releva aussitôt, les paumes des mains en sang, et fut estomaqué en constatant que la sombre forêt avait disparu, pour faire place à de vertes collines, sous un ciel bleu. Des centaines d'hommes en uniforme s'amassaient au sommet de celles-ci, au milieu d'une épaisse fumée. Un drapeau tricolore noirci et à moitié déchiré gisait sur le sol, non loin d'un corps. L'homme regarda autour de lui, et remarqua qu'il y en avait des dizaines d'autres, étendus et immobiles sur l'herbe verte. Il fut soudain saisi par les épaules, et se retrouva face à un individu moustachu, qui lui hurla dessus, avant de lui remettre un fusil entre les mains, et le tira par le col en direction de la colline. Là-haut, une marée d'hommes formait une immense ligne de front, crachant un torrent de feu et de plomb sur les formations adverses. Des dizaines de fantassins tombaient les uns après les autres, tantôt sous les balles, tantôt sous les obus. L'officier de ligne tentait tant bien que mal de reformer les rangs dans cette immense pagaille, tandis que son second soufflait dans sa petite trompette à s'en éclater les poumons. On pouvait distinguer au loin l'artillerie ennemie, qui pilonnait leur position sans leur accorder une minute de répit. Un capitaine, sabre au clair, s'efforçait de galvaniser les troupes. Il se retourna pour ameuter les nouvelles cohortes, et écarquilla les yeux, comme s'il venait de voir un revenant.

— Septime ? C'est bien toi ? demanda l'officier tout éberlué.

Le détective resta pétrifié sur place, et ses mains se mirent à trembler.

— Lucien ? Non tu... Ce n'est pas possible...

— Bon sang, mais que diable fais-tu ici ? s'énerva la capitaine.

— Je... Je ne sais pas, j'étais...

— Lâche ce fusil et retourne à l'arrière, nom de Dieu !

Des cris retentirent soudain sur l'aile droite, et la panique s'installa dans les rangs.

— Les cuirassiers ! s'époumona un soldat. Ils nous chargent sur le flanc sud !

Le sol se mit à trembler, et les hommes commencèrent à flancher.

— Septime, prends tes jambes à ton cou, cours sans t'arrêter, et ne te retourne sous aucun prétexte ! lui ordonna Lucien.

Les cavaliers apparurent soudain au sommet de la colline, resplendissants dans leurs cuirasses argentées, et coiffés de leurs terrifiants casques à pointe. Ils fondirent sur les fantassins comme une vague sur le sable, et semèrent la mort et le chaos dans leur sillage. Lucien et les officiers qui restaient formèrent une ligne avec les braves qui ne s'étaient pas enfuis, et ces derniers ouvrirent le feu, dans un ultime baroud d'honneur. Des dizaines de cuirassiers tombèrent, mais les soldats ne purent stopper la déferlante, et la ligne fut brisée. Lucien, le visage ensanglanté, son bras gauche profondément entaillé, sabra avec le peu de force qui lui restait, désarçonnant un cavalier, avant de l'achever au sol. Septime se débattait tel un diable pour lui venir en aide, mais ses jambes refusaient de bouger. Un cuirassier galopa vers le capitaine, brandissant son sabre lourd. Lucien, à bout de souffle, se tourna vers Septime, et lui sourit d'un air triste. Il ferma les yeux, et la lame le faucha. Septime hurla de rage, des larmes roulant sur ses joues. Les cavaliers cessèrent d'exister, s'évaporant dans le néant, tandis que les couleurs des collines et du ciel s'estompèrent pour faire de nouveau place aux ténèbres. Seuls Septime et le corps de Lucien subsistaient dans ce panorama vide et sans horizon. Le détective s'agenouilla auprès de la dépouille, l'effleurant de sa main tremblante. Ses yeux remplis de larmes perçurent dans cette obscurité totale une silhouette immobile et terrifiante qui restait là, tapie dans l'ombre à observer la scène…

— Septime ! Septime réveillez-vous !

Le détective se redressa tel un ressort, et découvrit que tout ceci n'était qu'un mauvais rêve. Naomi se tenait à son chevet, vêtue d'un fin yukata en soie.

— Calmez-vous, vous avez fait un cauchemar, dit-elle en lui serrant le bras.

— Je suis terriblement confus, avoua Septime, encore un peu déboussolé. Ai-je été bruyant ?

L'espionne sourit en regardant vers la porte de la chambre, à travers laquelle filtrait la lumière d'une lanterne.

— Vos hurlements ont sûrement réveillé tout le village, si ce n'est la vallée tout entière, lui répondit-elle d'un ton moqueur.

— Bon sang, cela paraissait si réel… Il m'est apparu de nouveau… Cette fois beaucoup plus distinctement. Il se rapproche à chaque apparition, se dévoilant de plus en plus…

— Mais de qui voulez-vous parler ? demanda Naomi avec inquiétude.

Septime laissa retomber sa tête sur le petit oreiller, puis inspira longuement en fermant les yeux.

— J'ai senti sa présence dès notre arrivée à Nikko. Il s'est tout d'abord présenté sous une forme indéfinissable, immatérielle et diffuse, dans les arbres, la pierre, le vent. Les esprits qui reposent dans ces montagnes ont tenté de me mettre en garde dans mes rêves, m'indiquant qu'un élément n'était pas à sa place parmi eux. J'ai tout d'abord cru à un simple cauchemar, mais la chose s'est manifestée de nouveau dans la clairière où les soldats ont été retrouvés, furtive et dissimulée derrière les arbres.

— Pourquoi ne m'en avez-vous pas parlé à ce moment-là ? demanda Naomi.

— J'ai pensé sur le coup qu'il pouvait s'agir d'une hallucination, ou bien d'un effet d'optique… Cette nuit était tout autre chose. Il s'est montré, plus persistant, plus agressif. Il me poursuivait dans une forêt sombre et malsaine, tandis que je courais pour lui échapper, mort de peur. Je me suis alors retrouvé au beau milieu d'un champ de bataille, sur des collines jonchées de cadavres, et j'ai vu…

Le détective hésita à poursuivre sa phrase, et une profonde tristesse se dessina dans ses yeux. Il n'était pas homme à se confier facilement d'ordinaire, mais quelque chose en la personne de Naomi le mettait en confiance, et le poussait à se livrer sur ses peines et ses craintes.

— Qu'avez-vous vu Septime ? insista-t-elle en lui posant délicatement la main sur l'épaule.

— J'ai vu mon frère...

L'espionne comprit au soupir du détective que cette apparition avait réveillé en lui quelque chose de vraisemblablement douloureux.

— Lucien était capitaine dans le XIIe régiment d'infanterie. Il a servi sous le Second Empire durant la guerre avec la Prusse, et a péri lors de la terrible bataille de Mars-la-Tour. Mon père était également militaire, tout comme son père avant lui, aussi Lucien était sa fierté. La disparition de son fils l'a anéanti, et le pauvre homme s'est éteint peu après.

— Je suis sincèrement désolée d'entendre ça, commenta Naomi avec empathie. Votre frère devait compter énormément pour vous.

— Nous étions inséparables étant enfants, poursuivit Septime après un court silence. Il était le seul au sein de notre famille à croire en mes... particularités.

Il marqua une courte pause, et l'espionne profita de cette conversation pour en apprendre un peu plus sur son compagnon de route.

— Voulez-vous dire que vos prédispositions à appréhender le monde occulte remontent à l'enfance ?

— Depuis aussi longtemps que je me souvienne, répondit Septime. Je pensais étant enfant que tout le monde pouvait voir ce que je voyais, et que j'étais un petit garçon faible et peureux lorsque j'étais le seul à redouter que la nuit tombe. Puis je me suis rendu compte que personne autour de moi n'avait la capacité de percevoir les énergies qui nous entourent, ou de communiquer avec ceux qui devraient ne plus fouler ce monde. Mes parents n'ont jamais accepté cette caractéristique de ma personne, qu'ils ont toujours considérée comme un simple trouble mental, et se sont donc naturellement concentrés sur mon frère cadet. Lucien, lui, m'acceptait tel que j'étais. Il essayait toujours de me défendre auprès des autres, quitte à parfois prétendre qu'il voyait également ces choses, afin d'accorder du crédit à mes dires.

— C'était extrêmement noble de sa part, nota doucement l'espionne.

— Oui, hélas le mensonge n'était pas son point fort, et tout le monde comprenait bien qu'il essayait seulement de me couvrir, précisa Septime avec un sourire.

Ils restèrent un moment silencieux, écoutant la charpente craquer sous le vent.

— Quel sens donnez-vous à ces cauchemars ? reprit Naomi. Quel message cet… esprit souhaiterait vous faire passer selon vous ?

— Je ne suis pas sûr, lâcha Septime en soupirant. Je serais tenté de dire qu'il essaie de m'effrayer, ou bien de me décourager en exploitant mes points faibles. D'un autre côté, je ne puis m'empêcher de penser au lien qui unit mon frère à Tussaud, ainsi qu'aux éclaireurs. Tous étaient dans l'armée française, et portaient donc un uniforme très semblable. Il est possible que le lieutenant-colonel ait provoqué d'une façon ou d'une autre la colère de l'esprit, du temps de la résistance auprès des samouraïs, et que son uniforme soit devenu un élément pivot dans les pensées de l'entité. Tout ceci n'est que suppositions bien sûr, et je ne puis rien affirmer à ce stade.

— Bien que je reste dubitative face à tout ceci, je vois bien que quelque chose vous affecte, et cela m'inquiète. J'aimerais tant pouvoir vous venir en aide et je me sens si impuissante…

Le détective la gratifia d'un sourire qui se voulait rassurant.

— Nous devrions dormir à présent, conclut-il. Demain est un autre jour, et nous approchons du but à grands pas, aussi en apprendrons-nous davantage très prochainement…

CHAPITRE 4

Le sanctuaire sous la colline

C'était par une fin d'après-midi orageuse que les aventuriers pénétrèrent dans la petite communauté de Hiijori, dernière étape aux portes de Yamagata, et célèbre autrefois pour ses sources thermales. Naomi constata avec tristesse que le village avait bien changé depuis la guerre, tant par ses masures décrépies que par son atmosphère pesante. Il n'y avait guère ici d'accueil chaleureux comme ce fut le cas dans le village des rebelles. Les habitants, maigres et à la mine blafarde, se terraient dans leurs chaumières à la vue des deux voyageurs, les lorgnant d'un mauvais œil par l'interstice de leur porte légèrement entrouverte.

— Tout à fait charmant ce petit village, ironisa Septime. À croire que la peste s'y est abattue il y a peu.

— Quatre années se sont écoulées depuis la fin de la guerre, et pourtant, certaines régions reculées de l'empire ne s'en sont toujours pas remises, renchérit Naomi.

— J'imagine que les représailles contre les partisans du shogun ont été terribles, devina le détective avec plus de sérieux.

— En effet… D'où le manque d'accueil et de gaieté, conclut l'espionne.

Ils poursuivirent leur route au milieu du sordide village, espérant trouver une âme charitable qui pourrait répondre à leurs questions. Les aventuriers aperçurent au bout du chemin un homme titubant, aux prises avec trois autres individus. Ils pressèrent le pas pour aller à leur rencontre, et découvrirent qu'il s'agissait d'un petit groupe de jeunes en guenilles s'amusant à molester un vieillard à coups de bâton. Naomi partit au galop, et stoppa sa monture à un mètre des agresseurs, qui reculèrent en manquant de tomber à la renverse. Ils s'apprêtaient à répliquer quand ils aperçurent le détective qui les laissa sans voix. Naomi leur intima de s'expliquer, en leur jetant un regard des plus noirs. Après un court silence, le plus téméraire des trois s'avança en serrant son bâton, et aboya quelque chose en direction de l'espionne. Celle-ci lui répondit sèchement, et l'individu brandit son arme, les yeux pleins de colère. Septime mit aussitôt la main à son holster, de sorte que les voyous détalèrent comme des lapins, sans que le détective n'ait eu besoin de sortir son revolver.

— Que lui voulaient-ils ? interrogea-t-il en montrant du doigt le vieil homme, qui tentait péniblement de se relever.

— Il était venu mendier un peu de nourriture, mais ces bougres lui ont fait savoir que le village n'avait rien à offrir, et ont entrepris de le chasser à grands coups de bâton sur le dos.

Le pauvre homme qui venait de reprendre ses esprits se figea, les yeux écarquillés devant Septime.

— *Cet homme… D'où vient-il ?* demanda-t-il à Naomi en bégayant.

— *C'est un Français, il voyage avec moi,* répondit-elle en voulant le rassurer.

Le vieillard recula légèrement, bredouillant quelques mots incompréhensibles, comme s'il se parlait à lui-même.

— *Ce n'est pas le premier étranger que vous croisez n'est-ce pas ?* demanda Naomi intriguée. *Parlez. Qui d'autre est passé par ici ?*

— *Je... Je ne... Personne... Personne ! Laissez-moi tranquille !*

Il rassembla toutes les forces qui lui restaient, et prit ses jambes à son cou, s'enfonçant dans l'épais sous-bois qui bordait la route.

— Septime, rattrapons-le ! Cet homme sait sûrement quelque chose à propos de Tussaud !

— Les chevaux ne passeront pas dans cette végétation dense, allons-y à pied !

Les deux aventuriers s'élancèrent à sa poursuite, s'empêtrant dans une mer de fougères et de ronces. Ils pensaient rattraper rapidement le vieil homme, compte tenu de son âge avancé ainsi que de la bastonnade dont il avait été la cible il y a peu, mais ce dernier réussit à maintenir la distance avec ses poursuivants pendant un bon moment. Ses vieux os finirent cependant par le trahir, et le pauvre s'étala de tout son long sur un tapis de feuilles mortes. Il tenta de se relever, lorsque Septime se jeta sur lui, le plaquant au sol à l'aide de son avant-bras.

— Ne lui faites pas de mal, Septime ! l'implora Naomi, qui les rejoignit en reprenant son souffle.

L'agent impérial se pencha vers le fugitif, que Septime avait retourné sur le dos, et l'interrogea :

— *Pourquoi vous êtes-vous enfui ? Qu'avez-vous à cacher ? Répondez !*

Son interlocuteur était paniqué, et avait toutes les peines du monde à prononcer la moindre phrase.

— Nous savons qu'un étranger est passé dans la région il y a de cela de nombreuses semaines, reprit-elle. *Si vous savez quelque chose, vous devez nous le dire, sans quoi nous ne vous laisserons pas partir. Vous m'entendez ? Maintenant, parlez !*

— Pitié, ne lui faites pas de mal, c'est un homme si tourmenté, implora-t-il, à bout de souffle.

— De qui parlez-vous ? Qui est tourmenté ?!

— L'officier français ! répondit le vieillard, qui finit par craquer.

Naomi se tourna vers Septime, les yeux emplis de joie.

— Septime ! Cet homme connaît Tussaud, et il semblerait qu'il soit en vie !

— Vraiment ?! Mais c'est formidable ! se réjouit le détective avec excitation. Où se trouve-t-il ? Peut-il nous conduire à lui ?

L'espionne se tourna de nouveau vers leur captif afin d'obtenir de plus amples informations.

— Nous sommes des amis de l'officier français Martin Tussaud, nous ne lui voulons aucun mal, vous avez ma parole. Nous avons été mandatés par ses supérieurs pour lui venir en aide, et le ramener à ses quartiers, à Yokohama.

— Alors vous courrez à sa perte, clama-t-il avec désespoir.

Naomi demanda à Septime de relâcher son étreinte sur le vieillard. Ce dernier se redressa, puis s'assit en observant un moment de silence.

— Martin Tussaud est en sécurité, dans un sanctuaire troglodyte, à quelques lieues d'ici, finit-il par admettre. *C'est le seul endroit qui peut le protéger du mal qui plane au-dessus de sa tête. Si le malheureux s'aventurait en dehors de ce lieu sacré, l'esprit de Yasura s'abattrait sur lui, et emporterait son âme dans les ténèbres.*

— *L'esprit de Yasura ? Qu'est-ce que cela signifie ?* demanda Naomi.

L'homme marqua une pause, mais comprenant qu'il ne pourrait y couper, il finit par tout raconter.

— *J'étais autrefois moine au sein du temple Kumoji, le temple des nuages, qui fut détruit durant la guerre, il y a cinq ans de cela. Le temple avait plus de mille ans, et était célèbre par le passé pour la pratique ancestrale du sokushinbutsu, une sombre tradition issue des préceptes de bouddha les plus extrêmes.*

— *J'ai déjà entendu parler de cette pratique, sans jamais avoir vraiment compris de quoi il s'agissait,* ajouta Naomi. *On raconte que certains hommes de foi y ont eu recours dans cette région, il y a plusieurs siècles.*

— *Ils furent peu nombreux à y parvenir,* reprit l'ancien. *La pratique du sokushinbutsu est un long processus de purification du corps, dont le but est d'atteindre la perfection de l'âme, et ainsi renaître sous la forme de bouddha. Pour ce faire, le sujet s'impose une diète alimentaire uniquement composée d'aiguilles de pin, afin d'évacuer toute graisse du corps. Privé de tout autre apport, le corps s'assèche de l'intérieur, comme de l'extérieur, entraînant la momification progressive du moine, de son vivant.*

Voyant que l'espionne l'écoutait avec attention, le vieil homme poursuivit son récit.

— *Lorsque l'individu, asséché et épuisé, arrivait aux portes de la mort, ses frères de foi l'emmuraient vivant dans de petits monticules de pierres, avec une clochette comme seul moyen de communiquer avec l'extérieur. Chaque jour, l'homme devait tirer sur le fil qu'il tenait dans sa main, ce qui faisait sonner la clochette, et indiquait ainsi aux autres qu'il était encore en vie.*

Lorsque ce rituel cessait, cela voulait dire que l'âme du moine avait quitté son corps, pour se réincarner en bouddha.

— *Quelle horreur,* commenta l'espionne avec une expression d'épouvante mêlée de dégoût.

Septime de son côté restait silencieux, et attendait avec patience, tentant en vain de comprendre quelques mots-clés de la conversation.

— *Ce rituel n'est heureusement plus pratiqué depuis des siècles,* reprit le moine. *Toujours est-il que les légendes du temple parlent d'un maître du nom de Yasura, qui aurait vécu il y a plus d'un demi-millénaire dans la région. On raconte qu'il avait passé l'essentiel de son existence reclus dans les montagnes, loin des hommes et coupé du monde. Il se serait présenté un jour aux portes du temple Kumoji, afin d'accomplir le rituel des sokushinbutsu, et s'élever vers Bouddha. D'abord réticent, le grand maître de l'époque finit par accepter sa requête, et lui ouvrit les portes du sanctuaire. Nul ne sait quel mal avait-il découvert dans les montagnes reculées du monde, mais on raconte que l'homme était mauvais, asocial et colérique, et que son âme n'était pas prête à atteindre les hautes sphères de la réincarnation. Le grand maître le mit en garde à de nombreuses reprises, mais Yasura n'en fit qu'à sa tête, désireux de devenir bouddha à son tour. Pendant trois années, il accomplit toutes les étapes du rituel, jusqu'à ce que son corps presque sans vie soit finalement emmuré.*

Un étrange vent se leva soudain dans la forêt, les faisant tous tressaillir.

— *Je me doute que le rituel n'a pas fonctionné comme il aurait dû,* devina l'agent impérial.

— *Effectivement. Il est dit que son âme était trop tourmentée et trop sombre pour atteindre la réincarnation parfaite, et que même la pratique assidue du rituel ne lui a hélas pas permis de trouver la paix intérieure. Toujours selon la légende, son esprit serait coincé entre les deux mondes, prisonnier de son corps momifié, sans aucune possibilité de se réincarner, et en proie à une terrible colère. Sa dépouille fut placée dans une profonde caverne de la montagne adjacente au temple, et il fut interdit à quiconque de s'y rendre depuis lors.*

Le silence s'abattit durant un court instant sur la forêt, où pas même le vent ne faisait frémir les feuilles des arbres. Naomi réfléchissait à ce qu'elle venait d'entendre. Elle était bouleversée, bien que son esprit cartésien lui interdise de prêter trop de crédit à ces histoires.

— *Admettons que tout ceci ne soit pas le fruit d'une légende farfelue, et que l'esprit de Yasura soit bel et bien réel, pourquoi s'en prend-il à Tussaud ? Que lui veut-il ?* demanda l'espionne.

— *Vous devrez poser cette question à l'officier directement,* répondit le moine. *Je peux vous conduire à lui, si vous promettez de ne pas lui faire quitter le sanctuaire de force. Les conséquences seraient alors catastrophiques...*

L'espionne acquiesça, puis résuma à Septime la conversation qu'elle venait d'avoir avec le moine.

— Yasura... Ainsi donc notre lieutenant-colonel serait bel et bien la proie d'un mauvais esprit, conclut le détective aux termes du récit. Je suis certain que c'est ce même fantôme qui hante mes nuits. Il doit pressentir que nous le cherchons.

— Nous devrions aller à la rencontre de Tussaud sans tarder, suggéra Naomi. Nous devons comprendre à tout prix pourquoi il se pense traqué par cet esprit de moine déchu, si tant est qu'il existe vraiment...

*

LES OMBRES DE YAMAGATA

Le soleil avait presque disparu à l'horizon, et les teintes rougeâtres du ciel cédaient progressivement leur place aux étoiles scintillantes. Le groupe venait de traverser un ruisseau peu profond, en amont duquel se trouvait une magnifique chute d'eau, s'écoulant le long d'une paroi rocheuse abrupte. Ils s'engageaient à présent sur un étroit sentier de forêt, flanqué de petits hôtels de pierre en forme de chapiteau, disposés tout le long du chemin à intervalles réguliers. Il y régnait une atmosphère presque mystique, à mesure que l'obscurité gagnait les bois. Le sentier menait à un long escalier de pierre, recouvert de mousse, qui débouchait sur les hauteurs d'une colline recouverte de pins. À en juger par l'usure de la structure, celle-ci devait avoir mille ans au bas mot. Les cavaliers posèrent pied à terre, et procédèrent à son ascension en guidant leurs montures par les rênes.

Ils découvrirent au sommet de cette colline l'entrée d'une petite caverne, ornée d'une épaisse corde de couleur blanche, décorée de pompons. Septime avait eu l'occasion de voir de tels ornements dans les sanctuaires et sites sacrés de Nikko, ainsi en déduisit-il que cela devait avoir une signification religieuse. Le moine ouvrit la marche, suivi par ses compagnons de route, qui s'engagèrent avec prudence dans l'étroite cavité.

Ils aperçurent la lueur d'un feu de bois au fond de la caverne, projetant l'ombre d'une silhouette humaine sur la paroi rocheuse. Les visiteurs s'approchèrent de l'individu, et découvrirent un homme aux traits fatigués, dont l'épaisse tignasse de cheveux poussiéreux s'accordait avec une barbe fournie, qui lui recouvrait la moitié du visage. Il portait un pantalon à galons rapiécé soutenu par des bretelles ainsi qu'une chemise blanche aux manches retroussées. L'individu se leva d'un bond à la vue des intrus, empoignant le revolver qu'il tenait à portée. Le moine lui intima de se calmer, et l'homme examina de plus près les invités de son protecteur.

— Naomi Matsudaira ?! demanda-t-il en écarquillant les yeux. Bon Dieu c'est… C'est bien vous ?

— Oui Martin, c'est bien moi ! confirma joyeusement l'espionne. Nous vous cherchons depuis des jours, et enfin nous vous trouvons !

Le lieutenant-colonel, ému, étreignit son ancienne camarade, sous les regards attendris du moine ainsi que du détective.

— C'est incroyable, comment m'avez-vous retrouvé ? Je pensais que jamais plus je ne verrais un visage familier…

— Nous avons suivi quelques indices, et nous avons surtout eu beaucoup de chance… Mais nous vous expliquerons tout cela en temps et en heure. En attendant, permettez de vous présenter monsieur Septime Klein, détective spécialisé dans les sciences occultes. Il est venu depuis le Cochinchine à la demande du colonel Plantain.

Le lieutenant-colonel offrit une poignée de main au détective, en le dévisageant d'un air méfiant.

— Détective dans les sciences occultes dites-vous… Seriez-vous donc, monsieur Klein, le sauveur qui mettra fin à mon supplice ? Mettrez-vous un terme à cinq longues années de calvaire ?

— Je ne puis hélas rien promettre à ce stade, mais croyez bien que je ferai tout mon possible pour vous délivrer du mal qui vous hante, répliqua Septime d'une voix rassurante.

Martin Tussaud s'efforçait de faire bonne figure, mais on pouvait percevoir sur son visage tout le désarroi et toute la peur qu'il éprouvait depuis si longtemps. Voici qu'il vivait à présent tel un ermite, reclus dans une caverne sombre et humide, noyé dans la mélancolie de ses souvenirs, et en proie à de terrifiants cauchemars. L'homme invita ses visiteurs du jour à prendre place au coin du feu, qu'il entreprit de raviver en y jetant quelques brindilles sèches.

— Tout a commencé durant ce jour pluvieux d'octobre 1868, commença-t-il d'une voix inquiétante. Notre groupe avait été séparé de l'armée shogounale suite à une cuisante défaite face à l'armée impériale, non loin de l'endroit où l'on se trouve actuellement. Quelques samouraïs, une vingtaine de paysans fidèles au shogoun, ainsi qu'une poignée de soldats français se retrouvèrent sous mon commandement, tandis que l'ennemi était sur nos talons. Épuisés et en sous-effectif, nous nous réfugiâmes dans l'enceinte d'un petit temple bouddhiste perdu dans les montagnes. Les religieux nous ont offert des vivres de bonne grâce, et ont pris le soin de panser les blessures des soldats. C'est alors que les troupes impériales se présentèrent aux portes du sanctuaire. Les soldats étaient menés par un lieutenant arriviste et cruel, qui est depuis lors passé maître de la région, depuis sa place forte de Nikko, à ce que les gens d'ici racontent.

— Saito, lâcha Naomi avec un air de dégoût. Il a été promu capitaine, et se comporte comme un seigneur de guerre, vraisemblablement à l'insu de l'état-major.

Le vieux moine offrit à chacun un peu d'eau de source contenue dans de petits bols en bois, qu'ils acceptèrent de bon cœur.

— Sa cruauté va bien au-delà de ce que vous pouvez imaginer, reprit le lieutenant-colonel. Tandis qu'il sommait les pensionnaires du temple d'ouvrir leurs portes, des moines nous conduisirent à un réseau de tunnels creusé dans la montagne, et nous invitèrent à emprunter l'un d'entre eux, qui devait nous conduire en un lieu sûr. Alors que nous nous enfoncions toujours plus profondément sous la montagne, munis de quelques torches, le caporal Bouchard, qui fermait la marche, se perdit dans une des nombreuses galeries. Je suis alors retourné sur mes pas, et c'est là que je l'ai trouvé, immobile, fixant quelque chose dans le noir. Je l'ai alors sommé de se hâter, c'est alors que j'ai découvert avec effroi la chose qui l'accaparait tant. Dissimulé dans l'ombre, posé sur une stèle de pierre, se tenait un cadavre, assis en tailleur. Sa peau était horriblement desséchée, mais aucune odeur de décomposition n'en émanait.

— Une momie d'un moine adepte du sokushinbutsu, en conclut Naomi.

Les flammes du feu de camp vacillèrent, sans qu'aucun vent ne vienne les chahuter.

— Vous auriez dû voir son visage, continua Martin en frissonnant. Jamais de toute ma vie je n'avais senti un tel malaise. Bouchard de son côté était persuadé d'avoir entendu des murmures provenant de l'antichambre, et cela l'avait pétrifié de terreur. Je suis finalement parvenu à le raisonner, et nous finîmes par rejoindre le groupe. Après une traversée qui nous sembla interminable, nous finîmes par regagner la surface. Nous avons appris bien plus tard hélas que notre évasion avait coûté la vie aux moines, qui avaient été tous massacrés par les troupes impériales. Tous, sauf le vénérable Hirosawa ici présent, qui par chance était de sortie en ville ce jour-là.

Ils se tournèrent vers le vieil homme, qui leur sourit tristement.

— Imaginez ce qu'a vécu le pauvre homme, lorsqu'il est rentré au temple, et a ainsi découvert les corps sans vie de ses frères, gisant par dizaines dans une mer de sang…

— Je ne pensais pas les hommes de l'empereur capables de commettre des exactions sur les religieux, intervint Septime.

— La religion est un sujet extrêmement complexe au Japon, précisa Naomi. Shintoïsme et bouddhisme ont coexisté plus ou moins pacifiquement pendant des siècles au sein de l'empire. Tandis que le shintoïsme, la religion ancestrale nippone, vénère l'empereur et exalte les valeurs guerrières du peuple japonais, le bouddhisme quant à lui enseigne des valeurs plus apaisées et plus universelles. Cela n'a pas empêché les moines bouddhistes de s'adonner aux arts de la guerre et ainsi de constituer de puissantes armées au cours de l'Histoire, mais nous nous égarons. Le jeune empereur Meiji s'est grandement servi du shintoïsme et de ses préceptes, afin de se déifier aux yeux du peuple, et ainsi solidifier son pouvoir. Dans ce contexte, le pouvoir shinto en a profité pour se réaffirmer, au détriment des bouddhistes, qui n'ont de fait pas les faveurs de la cour. Mais il n'est pas non plus question d'encourager, voire tolérer la persécution des moines adeptes de Bouddha… Saito a sûrement commis ce massacre pour son propre compte, et il a su le garder secret. C'est probablement la raison pour laquelle il ne tolère aucune intrusion dans cette région.

Le détective réfléchit un moment en silence. Leur enquête venait de prendre un tournant décisif, et il convenait à présent de rassembler les pièces du puzzle.

— L'affaire de Saito est une chose, déclara-t-il, mais nous devrions en revenir à vous monsieur Tussaud. Que s'est-il passé après cet épisode dans les tunnels ? Comment ces troubles se sont-ils manifestés ?

Le lieutenant-colonel inspira longuement, en fixant du regard les flammes dansantes.

— Les premiers jours qui ont suivi notre échappée du monastère, je n'ai rien ressenti de particulier, si ce n'était cet étrange malaise que j'éprouvais à chaque fois que je pensais au visage de cette affreuse momie. Le caporal Bouchard avait hélas été tué par un tireur embusqué à la sortie des tunnels, ce qui ne m'aidait en rien à oublier cette horrible expérience. Puis les premiers cauchemars sont apparus. Je me retrouvais plongé dans le noir, terrorisé, avec un individu qui m'observait silencieusement dans l'ombre. Je me réveillais à chaque fois terrifié, et l'horreur se répétait presque toutes les nuits, encore et toujours. Cette impression d'être constamment épié s'est alors fait sentir dans la vie réelle, et ce sentiment ne m'a plus quitté depuis. Lorsque j'ai eu vent d'une nouvelle expédition militaire, j'ai saisi cette opportunité afin de pouvoir revenir ici, avec l'intime conviction que mes tourments étaient liés à ce temple maudit, et à la momie qu'il abrite.

— Et je suppose que les choses ne se sont guère améliorées à votre retour, devina le détective.

Martin soupira en rajoutant du petit bois dans le feu.

— Hélas non. J'ai par chance rencontré Hirosawa aux abords du village, et j'ai réussi à lui faire comprendre que je souhaitais me rendre au temple. Il a d'abord protesté, puis s'est résigné face à ma détermination, et m'a donné un petit colifichet en tissu orné de runes, censé me protéger des mauvaises énergies. Il m'a ensuite conduit aux tunnels, et s'est mis à prier, tandis que je pénétrais dans l'antichambre. La momie était là, intacte, posée sur sa stèle. Je pensais que retourner en cet endroit maudit provoquerait un déclic, quelque chose qui pourrait désamorcer la situation. C'est alors que j'entendis une voix murmurer à mes oreilles. Mon sang se glaça, et mes membres refusèrent de bouger. Les murmures devinrent de plus en plus intenses, jusqu'à devenir des hurlements de colère résonnant comme des cloches dans ma tête, et je compris à ce moment-là que j'avais commis une grave erreur en revenant ici. Durant toutes ces années, l'esprit de la momie m'observait de loin, sans pouvoir m'atteindre, et ce jour-là, il eut l'opportunité de me confronter les yeux dans les yeux. Un froid intense s'empara de mon corps. Mes muscles et ma peau se crispèrent, tandis que le colifichet s'enflammait dans ma main.

Le lieutenant-colonel exhiba la paume de sa main droite, dont la peau était partiellement brûlée.

— Cet artefact m'a sauvé ce jour-là, reprit Martin. Tandis que mes forces me quittaient, Hirosawa m'a saisi par le bras, et m'a sorti des tunnels en courant. Nous avons quitté le temple à la hâte, et le moine m'a conduit au cœur de ce sanctuaire. Le colifichet s'était entièrement consumé dans ma main juste avant que nous franchissions le seuil. Je ne l'avais pas lâché de tout le trajet, ignorant la douleur, comme si mon instinct me disait que c'était la seule chose qui me raccrochait à la vie. Plusieurs fois je me suis approché de l'entrée du sanctuaire, mais à chaque fois mes muscles se sont raidis, tandis que la peur me submergeait.

Martin tourna la tête vers le seuil de la caverne avec un regard empli d'amertume.

— Je sais qu'il m'attend à l'extérieur. Il me scrute depuis les bois, tapi dans l'ombre. Nous avons dérangé son sommeil avec Bouchard, et il n'aura de cesse de me tourmenter jusqu'à ce qu'il obtienne mon âme…

Le détective médita un moment, profitant du silence qui s'était abattu pendant un court instant.

— Septime, que pouvons-nous faire pour lui venir en aide ? lui demanda Naomi avec anxiété.

— Je pense qu'il n'y a pas vraiment de choix, affirma-t-il. Il me faut confronter l'esprit de Yasura, à l'endroit même où se trouve sa dépouille, et tenter de le renvoyer dans le monde des morts.

— C'est de la pure folie ! s'emporta Martin. Il vous prendra vous aussi pour cible, et vous y perdrez la vie ! Je vous en prie, monsieur Klein, j'apprécie grandement votre aide, mais vous ignorez ce à quoi vous avez affaire !

Septime se leva, et vint poser sa main sur l'épaule du lieutenant-colonel, afin de le rassurer. L'agent impérial quant à elle semblait également bouleversée.

— Ne vous en faites pas, je connais mon métier, et je sais comment m'y prendre avec ce genre d'entité. Tout se passera pour le mieux, croyez-moi.

Le lieutenant-colonel était tiraillé entre deux sentiments. Il ne supportait pas l'idée, en tant que militaire, qu'un étranger prenne tant de risques pour lui venir en aide. D'un autre côté, venir à bout de ces cinq longues années de souffrance et de tourmente était ce qu'il désirait le plus au monde. Mais comment diable un homme seul pouvait-il vaincre un tel maléfice ?

— Je partirai à l'aube, reprit Septime. Hirosawa me guidera jusqu'aux portes du temple.

— Je serai de la partie, lança Naomi.

— Nao, ne pensez-vous pas qu'il serait préférable de rester aux côtés de Martin afin de…

— Je vous remercie de votre sollicitude, monsieur Klein, mais je suis en sécurité ici, et je puis me débrouiller seul, protesta Martin. Nao vous sera bien plus utile là-bas.

— Il n'a pas tort, approuva l'espionne. Il faut bien que quelqu'un veille sur vous, surtout si nos amis de la caserne de Nikko refaisaient surface pour nous trucider…

L'espionne esquissa un petit sourire narquois à l'intention du détective, qu'il fit mine de ne pas relever.

— Vous êtes en bisbille avec l'armée impériale ? questionna Martin interloqué. Il ne manquait plus que ça…

— Naomi va tout vous expliquer, lui assura Septime en se levant. De mon côté je dois effectuer les préparatifs pour la confrontation avec l'esprit. Reposons-nous bien cette nuit car demain, nous partons à la chasse aux fantômes…

CHAPITRE 5

Le temple des nuages

Les portes brisées et couvertes de moisissure du temple donnaient sur une vaste terrasse envahie par la végétation. Il y régnait une atmosphère pesante, en dépit des merveilles d'architecture qui s'offraient aux visiteurs. Les couleurs chatoyantes des murs de bois peints contrastaient avec l'ardoise noire des toits aux jolies courbures. Le temple était constitué d'un sanctuaire surplombant une mare d'eau croupie, qui devait être autrefois un joli bassin, ainsi que de deux longs bâtiments de plain-pied, qui avaient dû abriter les chambres des pensionnaires du temps où ils habitaient les lieux. Le vieux Hirosawa ouvrait la marche, s'efforçant de dissimuler au mieux son malaise comme son chagrin.

— *Cet endroit était autrefois un havre de paix, habité et entretenu par des gens de valeur,* dit-il à l'espionne en contemplant tristement les jardins laissés à l'abandon.

— *Cela doit être extrêmement difficile pour vous de revenir en ces lieux,* appuya-t-elle avec compassion.

Le moine hocha la tête, tout en se penchant, afin de récolter un peu de terre dans le creux de sa main, avant que celle-ci ne soit emportée par le vent.

— Lorsque je suis rentré du village ce jour-là, peu avant que la nuit ne tombe, j'ai découvert les portes entrouvertes, et à moitié fracassées. Je me suis précipité dans la cour, et j'y ai vu l'horreur. Il y avait du sang partout. Les corps de mes frères gisaient là, tous sans exception. Certains avaient été mortellement blessés par balle, d'autres simplement passés par la baïonnette. Aucun n'avait tenté de fuir. J'ai alors pleuré toutes les larmes de mon corps, implorant le Bouddha de me prendre à leur place. Je n'ai reçu hélas aucune réponse…

Naomi écoutait attentivement le vieil homme, en prenant soin de ne pas l'interrompre.

— Je suis retourné à la hâte au village, afin de quérir de l'aide, reprit-il. *Mais les habitants comptaient également leurs morts, après que l'armée eut ravagé leurs chaumières, en représailles pour avoir hébergé les rebelles. Je suis donc retourné seul au temple, et j'ai entrepris d'incinérer mes frères, en accomplissant les rites comme il se devait. Cela m'a pris deux jours et deux nuits…*

— Vous n'êtes pas obligé d'aller plus loin, maître Hirosawa. Indiquez seulement le chemin des tunnels à Septime et…

— Il est de mon devoir de vous venir en aide jusqu'au bout, la coupa le vieil homme. *Ne serait-ce que par respect pour mes frères, qui ont payé de leur vie leur soutien à ceux qui étaient à ce moment-là dans le besoin. Ne perdons pas de temps, suivez-moi…*

L'espionne s'apprêtait à suivre les deux hommes, lorsque Septime se tourna vers elle.

— Je pense que vous devriez rester près des portes, et nous préserver de toute intrusion, lui intima-t-il. Ne le prenez pas mal, mais vous ne me serez pas d'une grande utilité face à l'esprit de Yasura, et je ne voudrais pas qu'il vous arrive malheur.

Naomi, quelque peu vexée, accepta néanmoins, et regagna l'entrée du temple, tandis que ses camarades poursuivaient leur route. Ils traversèrent les allées froides et sans vie des jardins qui menaient aux parois presque verticales de la montagne. Dissimulée derrière une petite chute d'eau se trouvait une large et sombre cavité, qui semblait s'enfoncer profondément sous la roche. Hirosawa s'y engagea le premier, suivi de près par Septime, qui commençait à ressentir de mauvaises énergies. Les deux hommes empruntèrent un chemin sur la droite, qui semblait descendre davantage sous terre que les autres tunnels. La descente fut périlleuse, tant les parois étaient étroites et humides.

Après de longues et interminables minutes à s'enfoncer toujours plus dans les entrailles de la montagne, ils arrivèrent devant une petite antichambre, dont l'entrée était partiellement ensevelie sous des décombres. La faible luminosité des lampes à pétrole n'offrait que peu de visibilité, aussi le détective avançait avec prudence. Le moine s'arrêta à l'entrée de la cavité, et pointa du doigt l'intérieur de celle-ci avec un regard empli d'effroi. Septime prit son courage à deux mains, et s'engagea dans l'étroite antichambre. Sa lampe lui dévoila dans un premier temps les contours d'un corps, enveloppé dans un tissu délavé en lambeaux. Celui-ci avait été placé en tailleur, les mains posées sur les chevilles. La peau sèche et rigide du cadavre avait permis au squelette de se maintenir dans cette position pendant de nombreux siècles. Au contraire des autres parties du système troglodyte, l'air dans l'antichambre était particulièrement froid et sec.

Septime fit deux pas de plus, et étouffa un hurlement lorsqu'il découvrit le visage horriblement déformé de la momie. Sa mâchoire était grande ouverte, tordue et disloquée, comme si l'homme avait subi les pires souffrances au moment de sa mort, se figeant ainsi dans une expression de douleur et d'effroi pour l'éternité. Un frisson parcourut le détective, qui dût se ressaisir afin de ne pas céder à la peur. Il sortit de sa sacoche un bout de craie, et entreprit de tracer un cercle tout autour de la stèle de pierre sur laquelle trônait la momie, ainsi qu'un plus petit juste en face de celle-ci. Il dessina ensuite une série de curieux symboles cabalistiques autour de ces derniers, et plaça une pierre de lune aux pieds du corps. Pour finir il vint s'asseoir au centre du cercle qui faisait face à la momie, et disposa soigneusement cinq petites chandelles bleues sur le trait de craie, sans les allumer. Septime se détendit, et ferma les yeux, tandis que le vieux moine priait en silence de son côté.

— Esprit perdu dans les abîmes du temps et de l'espace, toi qui jadis foulais la terre des vivants, je te somme de te présenter sous ta vraie nature, lança Septime d'une voix impérieuse.

Un courant d'air glacial balaya la pièce, et une des chandelles s'alluma soudain d'elle-même.

— Oublie les griefs et les peines qui te retiennent en ce monde, trouve le repos de l'âme dans le pardon et l'oubli.

Le sol se mit soudain à trembler, tandis que trois autres chandelles s'enflammèrent l'une après l'autre. Hirosawa se mit à frotter frénétiquement son chapelet des deux mains, enchaînant les incantations à voix haute.

— Toi qui vis dans les ombres, et qui te nourris des peurs des hommes. Toi que les mortels craignent, et que les morts rejettent. Aujourd'hui je t'invoque, et te somme de te présenter à moi, en te nommant par ton nom… Yasura.

La cinquième et dernière bougie émit à son tour une lueur, et les secousses cessèrent aussi subitement qu'elles étaient apparues. Le silence se fit de nouveau oppressant, tandis qu'un froid mordant s'installa. La pierre de lune se mit à trembler légèrement, tandis que le détective décela un faible murmure, presque imperceptible, en provenance de la momie. Le murmure se transforma en un chuchotement persistant, qui s'insinua dans l'esprit de Septime, jusqu'à devenir incontrôlable. Ce dernier fronça les sourcils et se crispa, luttant pour ne pas tomber sous l'emprise de l'esprit, qui devenait de plus en plus présent. Sa tête se mit à tourner, tandis que de la sueur s'écoulait en abondance sur son front.

Il ouvrit les yeux en poussant un cri de douleur, et se retrouva devant la silhouette floue d'un homme portant un uniforme bleu à col rouge, qui se tenait immobile devant la momie. Ce dernier s'en approcha avec hésitation, et s'empara finalement d'un magnifique collier de jade serti d'or, ornant le cou du cadavre. Le curieux personnage s'empressa de ranger le bijou dans une petite sacoche de cuir, lorsqu'un second individu se présenta devant l'antichambre. Ce dernier, à la différence de son acolyte, était distinctement visible, et Septime constata avec surprise qu'il s'agissait du lieutenant-colonel Martin Tussaud. Les images se brouillèrent, et le détective se retrouva soudain plongé dans l'obscurité d'une forêt sous la lune. Une lueur émanait entre les arbres, quand Septime entendit comme des notes de musique. Il s'approcha avec méfiance, et découvrit une clairière, au milieu de laquelle se tenait un feu de camp, entretenu par un petit groupe de gens, portant également des uniformes de même couleur. Un des hommes jouait d'un petit accordéon, tandis que ses compagnons chantaient en chœur, buvant à tour de rôle dans une bouteille au verre opaque. Une bourrasque balaya soudain le feu, tandis qu'un froid intense s'abattit dans la clairière. Les hommes, paniqués, saisirent leurs armes, et formèrent un cercle autour des cendres. L'un d'entre eux aperçut Septime entre les branches. Alors son visage afficha une expression de terreur, comme jamais le détective n'en avait vu de toute sa vie. L'homme hurla tel un possédé, d'un cri si fort et si strident que Septime se boucha les oreilles en se recroquevillant sur lui-même.

Il regagna soudain son corps, et ouvrit les yeux, au moment où un puissant vent souffla sur les cinq chandelles. La petite pierre de lune se mit à siffler, avant d'éclater en mille morceaux. Le détective se leva d'un bond, et courut vers la sortie, saisissant au passage le bras de Hirosawa, dont le nez saignait abondamment. Les deux hommes se précipitèrent vers la surface, tandis qu'un effroyable râle retentit depuis les ténèbres de l'antichambre, résonnant dans tout le tunnel. Ils parvinrent à regagner la surface, exténués et à bout de souffle.

— Vous voilà enfin ! J'ai entendu des hurlements à glacer le sang depuis les cavernes, que s'est-il passé ? demanda Naomi qui s'était précipitée vers eux.

— Nous vous expliquerons une fois que nous aurons regagné le sanctuaire, rétorqua Septime hors d'haleine. Pour l'heure, fichons le camp d'ici…

*

Ils étaient assis tous ensemble autour du feu, murés dans le silence, et exténués. L'espoir avait tout d'abord gagné Martin, lorsqu'il vit ses compagnons de retour, sains et saufs. Puis il comprit à la mine du détective que les choses ne s'étaient pas passées comme prévu. Le lieutenant-colonel l'avait alors tout naturellement questionné, mais Septime ne s'était pas attardé d'avantage sur les détails, et s'était plongé aussitôt dans une profonde réflexion. L'espionne quant à elle avait pris soin du vieux moine, dont les incantations prononcées dans l'antichambre de Yasura, afin d'apaiser sa colère, l'avaient vraisemblablement diminué.

— Alors si je comprends bien, cette chose qui hante les profondeurs du temple depuis des siècles est invincible, lança l'officier afin de briser le silence. En somme, je suis condamné à rester terré dans ce maudit trou à rats jusqu'à ce que mes os blanchissent…

— Il y a toujours un moyen de bannir un esprit ou un démon du monde des vivants, répondit le détective. La question est de savoir comment, et cela peut parfois être extrêmement difficile. Mais dans notre cas présent, il n'est peut-être pas nécessaire d'en arriver jusque-là.

— Que voulez-vous dire ? demanda Naomi qui écoutait la conversation, emmitouflée dans une couverture de laine rapiécée.

— Lorsqu'une entité s'en prend à un individu en particulier, reprit Septime, c'est que ce dernier lui a causé une contrariété, directement ou indirectement. Il convient alors de réparer la faute, et l'entité cessera de tourmenter sa victime.

La pluie se mit à tomber à l'extérieur du sanctuaire, si intensément qu'un rideau d'eau se forma à l'entrée de la caverne.

— Mais qu'ai-je bien pu lui faire ? déplora Martin. Est-ce parce que nous avons malencontreusement, Bouchard et moi, perturbé son repos ?

Le détective se remémora la scène, et essaya d'en analyser tous les détails. C'est alors qu'il se souvint des visions qu'il avait eues dans l'antichambre, lors d'un moment de transe, qui avait failli lui faire perdre connaissance.

— Le collier, dit-il à voix haute. La momie portait un collier, et Bouchard s'en est emparé…

Martin réfléchit un moment, puis son visage devint livide. Ses épaules tombèrent, et le désespoir s'empara à nouveau de lui.

— Mon Dieu, je me souviens effectivement de ce collier. Il appartenait donc à la momie… Le sacré fils de…

— Vous savez où il se trouve à présent ? le coupa Naomi.

— Sûrement entre les mains d'un fripon local, s'il n'a pas changé une fois de plus de propriétaire… Autant chercher une aiguille dans une botte de foin.

— Racontez-nous tout, lui demanda Septime. Tâchez de vous souvenir de chaque détail.

Le lieutenant-colonel se concentra, et les images du passé défilèrent devant ses yeux.

— Lorsque nous sommes sortis des tunnels avec Bouchard, des tireurs embusqués dans les bois nous attendaient. L'un d'entre eux fit mouche, et son projectile atteignit le caporal au milieu de la colonne vertébrale. Le pauvre homme trépassa en quelques secondes. J'ai eu le temps de me saisir de sa sacoche, qui contenait la correspondance de guerre. Alors que mon groupe et moi-même avions rejoint le reste de l'armée, j'ai découvert le collier à l'intérieur parmi les lettres et les rapports. Le caporal Bouchard était coutumier des petits larcins, et avait séjourné plusieurs fois au cachot en France pour des faits similaires, aussi ne me suis-je pas arrêté davantage sur le bijou en question.

— Vous voulez dire que durant tout le temps où j'ai côtoyé l'armée française pendant la guerre, ses soldats pillaient allègrement les trésors de mon pays ? s'offusqua l'espionne.

Septime leva les yeux au ciel, et entreprit de raviver le feu pendant que l'officier reprenait son récit.

— N'exagérez rien, Nao, corrigea Martin qui avait retrouvé l'espace d'un instant le sourire. Bouchard était un cas particulier, certes, mais c'était aussi un bon soldat, qui a donné sa vie pour la cause des samouraïs.

L'agent impérial acquiesça de la tête, sans faire de commentaire.

— Pour en revenir au collier, reprit l'officier, je ne voulais pas que ce dernier devienne un sujet de discorde entre les hommes du shogun et nos gars, aussi devais-je m'en débarrasser au plus vite. Notre campement était situé non loin d'un petit patelin qui abritait un troquet où les autochtones s'adonnaient aux jeux. Enthousiaste à l'idée de me divertir une dernière fois avant une longue retraite vers le Nord, je m'y suis donc rendu, et j'y ai hélas joué le bijou aux dés.

— Laissez-moi deviner, vous avez perdu la partie ? l'interrompit Septime, qui était resté silencieux jusqu'alors.

— Tout juste…

— Et je suppose que vous ne vous souvenez ni de l'endroit où cela s'est produit, ni de la personne qui en est devenue l'heureux propriétaire ? ironisa Naomi, non sans amertume.

— Encore dans le mille, confirma Martin en soupirant.

Ils se murèrent de nouveau dans le silence, contemplant les flammes rougeâtres du feu.

— Cela vaut peut-être le coup de demander au moine, suggéra Septime. La région n'a pas l'air si peuplée, aussi les établissements de boissons ne doivent pas être légion dans le coin.

— Je ne suis pas sûr qu'un homme de foi tel que Hirosawa soit du genre à courir les tavernes, lui opposa Martin perplexe.

— Mais il connaît les environs, et entretenait des relations avec les habitants des villages environnants, objecta l'espionne. Cela vaut peut-être la peine de lui demander.

Elle se tourna vers le vieil homme qui avait entendu son nom être prononcé, et lui expliqua l'affaire. Ce dernier ne mit pas beaucoup de temps à lui répondre, et les deux Français purent deviner une lueur d'espoir dans les yeux de Naomi.

— Hirosawa dit qu'il connaît un établissement qui pourrait correspondre à ce que nous cherchons, dit-elle avec entrain. C'est un bouge[1] vraisemblablement tenu par la pègre locale, situé à environ deux heures de marche au nord d'ici. Selon lui, le troquet n'est pratiquement fréquenté que par des habitués, qui entretiennent tous plus ou moins des relations avec les malfrats du coin. L'un d'entre eux se souviendra peut-être de quelque chose, qui nous mènera à un début de piste…

— J'espère que vous vous rendez compte que tout ceci ne tient qu'à la chance, constata Martin avec lassitude.

— C'est cette même chance qui a placé Hirosawa sur notre route, riposta Septime. Profitons d'elle tant qu'elle nous sourit encore. Nous n'avons guère d'autre piste de toute façon…

*

Un paisible et agréable silence régnait dans l'épaisse forêt qui abritait le sanctuaire. Le détective était sorti prendre l'air à l'extérieur de la caverne, ce qui était en soi un luxe que ne pouvait se permettre le pauvre lieutenant-colonel. Il contemplait seul les étoiles à côté de sa lampe, appréciant ce

1. Bicoque, lieu sordide.

petit moment de tranquillité. L'espionne sortit à son tour, s'approchant de son compagnon de route.

— Souffrirez-vous ma compagnie un court instant ? demanda-t-elle. Ou peut-être préférez-vous rester un moment seul ?

— Pas du tout, vous êtes la bienvenue, mentit Septime qui appréciait cette solitude momentanée, chose qui se faisait si rare depuis le début de cette enquête.

Naomi vint s'asseoir à ses côtés sans dire mot. Elle était particulièrement perturbée par les événements, et Septime pouvait le sentir. Cette aventure remettait en question ses croyances, et l'histoire du moine Yasura allait totalement à l'encontre de son esprit rationnel.

— Alors c'est ainsi que vous menez votre vie, entama-t-elle, en parcourant le monde afin de résoudre des enquêtes impossibles.

— Plus ou moins, admit le détective en souriant. Cependant je ne suis pas toujours accompagné d'une ravissante et intrépide partenaire…

Il lui fit un clin d'œil, ce qui amusa l'espionne. La pluie avait cessé depuis plusieurs heures déjà, mais l'on pouvait encore entendre le bruit des gouttes d'eau restées prisonnières des arbres, qui tombaient de leurs branches pour venir s'écraser sur la terre humide.

— Septime, croyez-vous vraiment à cette histoire de moine maudit et de son collier de malheur ? lança Naomi sur un ton mêlant agacement et incertitude. Je veux dire… N'envisagez-vous pas, ne serait-ce qu'un instant, que notre pauvre Martin ait tout simplement sombré dans la folie ?

Elle se retourna pour vérifier que l'intéressé ne pouvait pas les entendre.

— Le lieutenant-colonel a confirmé l'existence du collier, Nao, objecta calmement le détective. Vous avez entendu la même chose que moi.

— Allons, vous savez très bien que l'esprit d'un homme peut être aisément malléable, surtout si celui-ci est en proie au désespoir ! s'emporta l'espionne. Il se peut que cette histoire de collier le conforte dans ses certitudes et lui offre la perspective d'un salut à venir, aussi croit-il se souvenir d'un objet qui n'existe peut-être pas…

Septime garda le silence pendant un court instant. Il savait qu'il était vain de débattre avec ceux qui refusaient à tout prix de croire aux constantes mystiques. Le temps se chargeait bien souvent de les confronter à la réalité, et cette rencontre était hélas souvent brutale.

— Nao, j'ai été mandaté pour retrouver le lieutenant-colonel, et lui venir en aide, reprit-il. Ce n'est pas mon rôle de déterminer qui est fou et qui ne l'est pas, non plus de vous convaincre vous ou quiconque de la véracité de cette histoire, ni du bien-fondé de mes méthodes. Martin est piégé dans ce sanctuaire, et il ne voudra, ni ne pourra en sortir tant que son esprit ne sera pas libéré de ses tourments. Nous tenons une piste avec ce collier. Peut-être ne le trouverons-nous jamais d'ailleurs, et il faudra alors envisager d'autres solutions, mais cela vaut la peine d'essayer.

— Vous avez raison Septime, approuva l'espionne d'un ton nettement plus apaisé. Veuillez me pardonner. Toute cette histoire me chamboule, et je ne sais que penser…

Septime la gratifia d'un sourire bienveillant.

— Vous me voyez navré de vous avoir entraînée dans cette aventure, confessa-t-il. Personne ne devrait avoir à se confronter à de telles choses.

— Vous n'y êtes pour rien mon ami, le rassura Naomi. Pour être tout à fait franche avec vous, je me suis portée volontaire pour cette mission avant même que mes supérieurs ne me la proposent. Tout comme Martin, j'avais moi aussi besoin de revenir en cet endroit. Certes pas pour les mêmes raisons, mais une partie de moi-même me poussait à rétablir une connexion avec mon passé.

— Et ainsi tenter d'effacer la culpabilité d'avoir dû passer du camp du shogun à celui de l'empereur ? devina Septime.

Il se rendit compte de la brusquerie de sa remarque, et s'en mordit les lèvres. Naomi sourit tristement cependant, sans cesser de contempler les étoiles.

— Peut-être bien, admit-elle. Il est possible que je sois également habitée par des démons, bien que ceux-ci soient d'une tout autre nature...

— Quoi que vous soyez venue chercher ici, Nao, j'espère de tout mon cœur que vous le trouverez, dit-il dans une volonté de se rattraper.

— Merci Septime. Vos mots me touchent.

Ils restèrent un moment encore, seuls et silencieux, loin des tracas, des violences et des rancœurs, sous la lumière bienveillante de la lune claire.

CHAPITRE 6

Le collier de jade

La sombre et humide salle était embrumée par les fumées des pipes à opium, tandis qu'un brouhaha assourdissant de voix, de cris et de chants résonnait dans tout l'établissement. Les tables étaient recouvertes d'urnes en céramique contenant tantôt de l'imo-shochu*, tantôt du mugi-shochu* et dans lesquelles les clients se servaient à l'aide d'une petite louche de bois pour remplir leurs godets de terre cuite. Certains énergumènes, vraisemblablement ivres depuis l'aube, étaient affalés sur le plancher, ronflant à faire trembler les joints des murs. Tous les regards se tournèrent alors vers les nouveaux venus, qui faisaient leur entrée.

Il y avait un homme occidental, grand et élégant, arborant une fine moustache ainsi que des cheveux soigneusement peignés sur le côté et qui ne devait pas avoir plus de trente printemps. Il portait un pantalon beige ainsi qu'une veste et un plastron marron par-dessus une chemise blanche déboutonnée au niveau du cou. L'homme était accompagné d'une élégante femme locale d'environ cinq ou six ans sa cadette et vêtue d'un corset de cuir recouvert par une ravissante cape couleur vert forêt.

L'étrange couple, du fait de son apparence et de sa prestance, contrastait fortement avec la clientèle de la sinistre taverne, aussi étaient-ils devenus le centre de toutes les attentions. Un individu à la calvitie naissante et à la barbe grisonnante les dévisagea avec insistance. Il était entouré de solides gaillards, sales et trempés de sueur, qui semblaient constituer un genre de garde personnelle. L'homme alpagua le couple en les invitant à se rapprocher.

— *Hé là, vous autres ! Que faites-vous par ici ?* leur demanda-t-il d'une voix fortement altérée par l'alcool. *Il est rare de croiser des étrangers dans le coin ! Pour ainsi dire, on n'en a pas vu depuis la guerre... Allez, approchez ! Venez donc trinquer avec nous...*

Naomi se tourna vers Septime, et lui fit un signe de tête. Le détective s'avança à ses côtés, tout en restant vigilant.

— *Tavernier ! Du saké pour mes invités ! Remue-toi !* aboya l'individu en direction du comptoir.

Un petit homme bedonnant coiffé d'un fichu s'empressa d'apporter les boissons sur un plateau de bois rectangulaire.

— *À votre santé, mesdames et messieurs les voyageurs,* clama l'homme en portant un toast avec de grands gestes grotesques. *Puissent vos verres ne jamais se vider !*

Le détective et l'espionne se prêtèrent au jeu, et burent l'alcool qui leur avait été offert, un peu embarrassés de se retrouver embringués dans une telle débauche.

Leur étrange bienfaiteur du moment ne cessait de lorgner les attributs de l'agent impérial, ce qui agaçait Septime au plus haut point.

— *Dis-moi, ma mignonne, que faites-vous toi et ton*

compagnon dans les parages ? demanda-t-il à Naomi, qui se retint de lui coller sa main dans la figure.

— *Un ami à nous est passé par ici il y a quelques années de cela,* répondit-elle d'une voix glaciale. *Il a perdu à l'époque un objet qui m'était précieux, ici même, aussi sommes-nous à la recherche de quelqu'un qui se souviendrait éventuellement de lui.*

L'homme afficha un sourire mauvais, dévoilant une affreuse dentition, noircie par l'excès d'opium et d'alcool.

— *Voilà qui est très intéressant,* commenta-t-il en fixant l'espionne dans les yeux. *Et à quoi ressemblait-il, cet « ami » ? Du genre de celui-ci ?*

Il avait montré du doigt le détective, qui le fixait d'un regard noir. Naomi ne répondit pas tout de suite, et s'efforça de soutenir le regard de son désagréable interlocuteur.

— *À quelques détails près,* concéda-t-elle d'un ton provocateur.

— *« À quelques détails près »,* répéta l'homme. *Comme la longueur de ses cheveux par exemple, ou bien la couleur de son uniforme…*

— *Venez-en au fait,* lui lança l'espionne qui commençait à perdre son sang-froid.

L'ivrogne se mit à rire aux éclats, suivi de ses sbires.

— *Mais c'est qu'elle a du tempérament, la petite,* dit-il avec sarcasme… *Tu commences vraiment à me plaire.*

Naomi sera les poings en tentant de contenir ses émotions du mieux qu'elle pouvait.

— *Pour en revenir à notre affaire, je me souviens effectivement d'un homme blanc, plus petit que ton compagnon, mais plus trapu, aux cheveux bouclés et arborant de longues moustaches. Il est passé par ici, dans mon établissement, il y a cinq années de cela environ, pour se rincer le gosier avec ses camarades de régiment. Ivre mort, l'homme s'était mis en tête de jouer aux dés selon les règles locales, et de se mesurer au « meilleur joueur de la région » selon ses termes. J'ai été désigné unanimement par les clients comme étant cet homme, et je me suis donc assis à sa table. Je l'ai rapidement dépouillé de sa maigre solde de soldat, si bien qu'il n'eut à la fin plus rien pour soutenir la mise. Plus rien, sauf un étrange collier de jade, qu'il gardait précieusement dans sa besace.*

Il comprit au regard de l'espionne qu'il ne faisait pas erreur sur la personne.

— *Je l'ai tout d'abord envoyé bouler, pensant qu'il s'agissait d'une vulgaire babiole,* reprit-il. *Puis en examinant l'objet de près, j'en ai déduit qu'il s'agissait sans nul doute d'un artefact très ancien, peut-être même d'une relique… Bref, quelque chose qui pouvait avoir de la valeur. La chance m'a souri de nouveau, et j'ai remporté la partie, ainsi que le collier en question.*

— *Ce collier, où est-il à présent ?* interrogea Naomi en fronçant légèrement les sourcils.

— *En sécurité… À l'abri des curieux et des inconvenants…*

L'agent impérial regarda rapidement autour d'elle, et constata qu'une douzaine d'hommes les observait.

— *Seriez-vous disposé à nous céder le collier, en échange d'autre chose ?* demanda-t-elle sans grand espoir.

Le patron échangea des regards pernicieux avec ses hommes, qui ricanèrent de façon inquiétante.

— *Ça, ma jolie, tout dépend de ce que tu es disposée à offrir,* dit-il en lui saisissant soudain l'avant-bras.

L'espionne sortit en un éclair son petit pistolet à deux coups de son chemisier, et vint le coller juste en dessous de la mâchoire de son agresseur. Ses sbires réagirent au quart de tour, et Naomi se retrouva avec deux lames de couteau sous la gorge. Septime de son côté avait eu le temps de dégainer son revolver, qu'il pointa sur l'un des malfrats qui venaient de l'encercler l'arme au poing. Le petit tavernier s'était également joint aux festivités, braquant le détective avec un vieux pistolet à percussion qu'il gardait sous le comptoir. La situation était on ne peut plus tendue, et aucun camp ne semblait vouloir relâcher la pression.

— *Quel tempérament de feu !* s'exclama le chef de la bande en articulant péniblement, du fait du canon de l'arme qui lui pressait la jugulaire.

— *Avise-toi de me toucher encore, ne serait-ce qu'une seule fois, et je te fais sauter la cervelle,* l'avertit Naomi d'une voix pleine de rage.

— *Mais vas-y, presse la détente si tu en as le courage. Comme ça ta carcasse ainsi que celle de ton petit copain nourriront mes chiens !*

Septime jaugea la distance qui les séparait de la porte d'entrée, qui était hélas barrée par un colosse armé d'un long bâton.

— *J'ai bien l'impression que nous sommes dans une impasse, et que nous allons tous mourir ici,* lança l'homme avec sarcasme. *Cependant, cela me contrarierait beaucoup de repeindre mon établissement de mon propre sang, aussi vais-je peut-être consentir à vous laisser la vie sauve…*

Il fit un signe de tête aux bandits, qui retirèrent leurs lames de la gorge de l'espionne. Cette dernière s'éloigna vers Septime, brandissant toujours son arme vers le patron. Le détective lui agrippa la main, et l'entraîna tout doucement vers la sortie, sans baisser son revolver.

— *Je suis las de votre compagnie,* dit le chef avec désinvolture. *Je vous invite donc à quitter mon établissement, pour ne plus jamais y revenir. Quant à votre collier de malheur, vous pouvez faire une croix dessus. Il est à moi et il le restera. Maintenant déguerpissez, avant que je ne change d'avis !*

Les deux aventuriers sortirent du bâtiment, l'arme toujours dirigée vers les voyous, sous le regard effrayé des quelques villageois alentour. Hirosawa, qui attendait derrière un arbre se précipita à leur rencontre.

— *Mademoiselle Matsudaira ! Mais enfin que se passe-t-il ?*

— *Nous avons eu une petite altercation avec le patron,* lui apprit-elle en rangeant son arme. *Partons d'ici, je vous expliquerai sur le chemin.*

Ils grimpèrent sur leurs chevaux, et regagnèrent la forêt au plus vite. Le moine attendait patiemment les explications de l'espionne, qui ne décolérait pas.

— *Vous aviez vu juste, maître Hirosawa,* lâcha-t-elle. *Ce bouge infâme était bien le troquet où Màrtin perdit le collier. Nous y avons même fait la connaissance de son actuel propriétaire, en la personne du patron de l'établissement lui-même.*

— *Ono détient donc l'artefact,* commenta le moine avec inquiétude. *Cela risque de compliquer les choses. Je suppose que l'idée de se séparer du collier n'a pas dû lui plaire, si j'en crois votre sortie haute en couleurs…*

— *Ainsi connaissez-vous cet homme, maître Hirosawa ? Vous avez ma foi des relations bien hétéroclites,* observa Naomi avec sarcasme.

L'homme de foi hocha les épaules en soupirant.

— *Qui ne connaît pas Ono dans le coin, le chef de la pègre locale. Il a la mainmise sur toute la région. Brasserie de saké, taverne, établissement de jeux et de plaisirs, tout lui appartient, et l'armée ferme les yeux, sûrement en échange de quelques redevances, ou services rendus…*

Le détective, qui fermait la marche, jetait de temps à autre un coup d'œil à l'arrière pour vérifier qu'ils n'étaient pas suivis.

— *Il a dit qu'il gardait le fameux bijou en sécurité,* reprit Naomi. *Sûrement chez lui, mais reste à savoir où cette crapule peut bien résider…*

— *Le repaire d'Ono est également connu de tous,* répondit le moine. *Il a élu domicile dans les ruines d'un petit fortin datant de l'âge des royaumes combattants, vieux de près de trois siècles. L'édifice surplombe la vallée, et les murs sont bien gardés. Par chance, je connais quelqu'un qui pourrait nous aider à nous y introduire, mais la tâche sera ardue…*

L'espionne fut une nouvelle fois surprise par les incroyables ressources du vieil homme, qui semblait être la solution à leurs problèmes en toutes circonstances.

— *Buntaro est un petit jeune du village qui aide de temps à autre ses parents en travaillant à la brasserie de saké,* reprit Hirosawa. *Il est chargé de livrer des fûts à la forteresse d'Ono de façon hebdomadaire, souvent tard la nuit. Le bandit et ses hommes font souvent preuve de cruauté envers les habitants de la vallée, et les parents du jeune garçon n'échappent pas à la règle, aussi ne rechignera-t-il pas à nous aider.*

— *Vous comptez lui demander de le voler ?* interrogea Naomi perplexe.

— *Certainement pas,* répliqua le moine. *Cependant Buntaro a une excellente mémoire et un sens de l'observation aigu pour son âge. Je suis persuadé qu'il saura nous livrer quantité d'informations sur les différentes entrées qui mènent au fort, les rondes des gardes et j'en passe. En bref, je pense qu'il peut nous aider à nous introduire dans le fort. Pour le reste, ce sera à nous de le faire…*

*

Ils étaient assis autour du feu, plongés dans une profonde réflexion. Martin avait été soulagé dans un premier temps de savoir que le collier était toujours dans la région, et que l'on savait où le trouver. Hélas, le récupérer n'allait pas être une mince affaire, et cette entreprise allait potentiellement mettre en jeu la vie de nombreuses personnes.

— Très bien, mettons les choses à plat, intervint soudain le lieutenant-colonel. Le hasard a voulu que vous croisiez la route de Hirosawa, qui vous a mené à moi. Par le plus grand des miracles, vous avez réchappé à votre confrontation avec Yasura. Là encore, par un concours de circonstances incongru, vous avez retrouvé la taverne, ainsi que le propriétaire du collier. Et voilà que maintenant, vous escomptez vous introduire furtivement dans une forteresse infestée de bandits, avec pour objectif de dérober le bijou, sans vous faire repérer, et surtout sans savoir vraiment où il se trouve ! À trop vouloir miser sur la chance, elle va finir par disparaître…

— Il serait évidemment plus simple d'investir le repère d'Ono par la force, mais il nous faudrait une petite armée pour ça, et nous n'en disposons pas, objecta Septime. Hirosawa sait ce qu'il fait. S'il pense que nous pouvons y arriver, alors nous devons lui accorder notre confiance. L'argent qui m'a été donné par le colonel Plantain servira à rémunérer les aides extérieures dont nous aurons besoin pour l'opération.

— Quand on parle du loup, prévint Martin en apercevant le moine à l'entrée de la caverne.

Le vieil homme vint rejoindre ses compagnons, après s'être délesté d'une besace pleine de petit bois pour raviver le feu. Il s'accroupit devant les flammes en se frottant les mains pour se réchauffer.

— *Nous pourrons compter sur Buntaro,* annonça-t-il enfin. *Cependant le brave jeune homme ne souhaite pas se contenter de nous renseigner sur le fort, mais il va au contraire nous y introduire lui-même…*

— *C'est de la folie !* protesta Naomi. *Nous ne pouvons pas demander à un enfant de prendre de tels risques…*

— *Croyez bien que j'ai tout fait pour l'en dissuader,* la coupa l'ancien. *Hélas Buntaro est aussi courageux qu'entêté et il est plus que déterminé à nous venir en aide. Il m'a confirmé qu'il devait effectuer sa dernière livraison de barils dans trois jours. Cela nous laisse le temps de peaufiner notre plan.*

Naomi conversa encore quelques minutes avec l'ancien moine avant d'annoncer la bonne nouvelle à ses compagnons.

— Avez-vous seulement pensé au môme ?! s'emporta le lieutenant-colonel. Vous rendez-vous compte des risques qu'il court ? À la minute où Ono se rendra compte de la disparition du collier, le gamin sera immédiatement suspecté, et je n'ose imaginer quelles en seront les conséquences…

— Hirosawa y a déjà réfléchi, et il a trouvé une solution pour le jeune homme et sa famille, qui comptaient quitter la région prochainement de toute façon, contra l'espionne. Dès que Buntaro aura livré la marchandise, il partira rejoindre ses parents ainsi que ses frères et sœurs sur la côte, où un pêcheur que Hirosawa connaît de longue date les mènera sur l'île de Sado. Ils pourront alors commencer une nouvelle vie grâce à l'argent du colonel, loin de l'influence d'Ono, qui ne leur a apporté que des malheurs depuis toutes ces années. Ne vous en faites pas, tout se passera bien.

Le lieutenant-colonel opina du chef, sans être pleinement rassuré, mais il était heureux d'apprendre que l'armée française allait indirectement porter secours à une famille en détresse.

— Ce bon vieux colonel, songea Martin à voix haute dans un sourire, je lui dois beaucoup également… Je suis heureux de vous avoir à mes côtés, tous autant que vous êtes.

— Nous sommes ici pour vous sortir d'affaire mon ami, et nous y parviendrons, renchérit amicalement le détective.

— Bien, penchons-nous sur le plan d'attaque, lança Naomi en traçant un schéma sur le sol poussiéreux à l'aide d'un bâtonnet. Voici comment nous allons procéder…

*

18 novembre 1873,
caserne de Nikko

L'officier se tenait le front entre les mains, les coudes posés sur son bureau d'ébène. Il avait les yeux rivés sur des cartes, et marmonnait nerveusement des bribes de phrases incompréhensibles. On vint frapper à la porte. Le militaire leva la tête. La porte s'entrouvrit délicatement. Un homme entra dans la pièce, après s'être incliné bien bas. Il attendit que l'officier lui donne la permission de parler, ce qu'il fit d'un geste de la main.

— Mon capitaine, il semblerait que nos informateurs aient retrouvé l'espionne et son compagnon étranger, déclara l'homme sans lever les yeux du sol. Ils ont été aperçus dans la région de Yamagata, non loin du temple Kumoji.

Le capitaine Saito eut un rictus nerveux.

— Bien, dit-il après un long silence, il me semble qu'il serait de bon ton d'aller leur rendre une petite visite…

— Mais mon capitaine, les cols sont actuellement contrôlés par les rebelles et…

— Et il est temps que cela cesse, affirma sèchement l'officier.

Le soldat se garda de répliquer, et inclina davantage la tête en signe d'approbation.

— Faites sonner le rassemblement, nous partirons demain à l'aube.

— Bien mon capitaine. Quels bataillons devons-nous…

— Tous, le coupa Saito. Je veux tous les hommes sur le pied de guerre, toutes les mitrailleuses huilées, les caisses de munitions dans les chariots. Nous allons en finir avec ces rebelles une bonne fois pour toutes.

Le subalterne eut un moment d'hésitation, mais ne fit aucun commentaire.

— Bien mon capitaine, ajouta-t-il avant de s'éclipser.

Une fois seul, Saito se tourna vers la fenêtre de son bureau, d'où il pouvait apercevoir les pièces d'artillerie légère alignées le long des palissades.

— Ainsi donc notre petit agent impérial est allée chercher de l'aide chez ces voyous, dit-il à voix haute. Fort bien, nous ferons d'une pierre deux coups, et ces samouraïs déchus et autres fripons comprendront enfin ce qu'il en coûte de créer des troubles sur mes terres…

CHAPITRE 7

Le repaire du mal

C'est au bout d'une longue et fastidieuse ascension que Buntaro aperçut enfin les lanternes qui ornaient le haut des murailles en ruine du fortin. La place forte d'Ono était éloignée de toute civilisation, et son emplacement stratégique permettait de voir à des milles à la ronde du haut de son donjon.

Le bœuf qui tractait péniblement la charrette remplie de fûts de saké était à bout de souffle, aussi devait-il apprécier de se retrouver enfin sur un terrain plat. Le jeune homme dirigea l'animal vers les portes de l'édifice, qui étaient gardées par deux sentinelles armées de gourdins. L'un des hommes fit signe à Buntaro de s'arrêter, puis vint à sa rencontre, en brandissant un petit lampion. Il reconnut bien vite le jeune homme, et lui ouvrit les lourdes portes de bois avec l'aide de son comparse. Le garçon connaissait le chemin, aussi personne ne prit la peine de le conduire au cellier. Il guida la bête ainsi que son attelage à l'intérieur de l'immense pièce, où étaient stockés déjà bon nombre de fûts et de bouteilles en tout genre.

Buntaro entreprit de décharger les premiers fûts, qui n'étaient que partiellement recouverts d'une épaisse couverture en laine. Il inspecta nerveusement les environs afin de s'assurer d'être seul, puis vint frapper quatre coups brefs sur le bois de la charrette. Naomi et Septime sortirent le plus silencieusement possible de sous la bâche, soulagés de pouvoir enfin détendre leurs membres engourdis, eux qui avaient passé près d'une heure recroquevillés dans le noir. Buntaro leur fit signe de le suivre, et il les mena dans un coin sombre du cellier, caché par d'épaisses caisses de bois.

— *Lorsque les sbires verront le feu depuis l'auberge, vous emprunterez cet escalier sur votre droite, qui mène à l'étage supérieur,* indiqua le jeune homme à voix basse en s'adressant à l'espionne. *Les quartiers d'Ono se trouvent au dernier étage, vous ne pourrez pas les manquer. À cette heure-ci Ono devrait être soit à la taverne, soit tout en haut dans le donjon, et il sera saoul dans les deux cas, donc vous n'avez pas à vous en faire.*

L'agent impérial acquiesça de la tête, sans quitter des yeux l'entrée du cellier.

— *Je vais devoir y aller, avant qu'ils ne se doutent de quelque chose. Lorsque vous serez en possession du collier, rappelez-vous que vous n'aurez que deux issues sûres. Par la porte ouest, d'où l'on est venus, et qui n'est gardée que par deux hommes, ou bien par la poterne de la muraille nord derrière ce bâtiment, mais il vous faudra sûrement forcer la serrure. Bonne chance à vous !*

Les deux infiltrés remercièrent le garçon, qui partit en chemin inverse, accompagné de son bovidé. Ils se retrouvèrent à nouveau seuls dans l'obscurité, assis à même le sol humide. Le détective sortit son revolver de sa poche, afin d'en inspecter le barillet.

— Faisons en sorte de ne pas avoir à nous en servir, lui lança l'espionne en chuchotant. Un coup de feu et c'est tout le fort qui nous tombera dessus…

— On ne sait même pas combien ils sont, fit remarquer Septime. Par ailleurs, si la mission de notre ami Hirosawa est couronnée de succès, cela risque d'en attirer une bonne partie au village !

— Oui, cela ne devrait plus tarder, nous allons être rapidement fixés, approuva Naomi en vérifiant à son tour son arme.

Ils se murèrent de nouveau dans le silence, n'ayant pour seule source de lumière qu'une lampe à pétrole posée sur une étagère.

— Vous pensez qu'il va s'en sortir ? demanda inquiet Septime. Mettre le feu à une auberge remplie de coupe-jarrets, ce n'est pas une mince affaire, encore moins pour un vieux moine…

— Cet homme n'a cessé de nous surprendre depuis que nous avons croisé sa route, répondit Naomi avec enthousiasme. Par ailleurs, il aurait de quoi faire sauter la moitié de la vallée avec les explosifs que Martin lui a confectionnés !

— Raison de plus pour s'inquiéter, souligna le détective avec scepticisme.

*

Les rues du village étaient désertes, et seuls les lampions de la sordide auberge offraient un peu de lumière dans ces ténèbres. On pouvait entendre les bandits beugler et chanter depuis l'orée du bois.

Hirosawa avança en direction de l'établissement, prenant soin de raser les murs, et de rester dans l'ombre. Il s'approcha de la fenêtre qui devait donner sur la cuisine, à en juger par l'odeur de viande grillée qui en émanait. Son cœur battait tel un tambour. Il resta accroupi un moment, analysant les possibilités qui étaient à sa disposition. Il se souvint des mots du lieutenant-colonel, qui n'avait que trop insisté sur la nécessité de courir le plus vite possible, et de se tenir à bonne distance après avoir allumé la mèche de l'engin explosif. C'était un mélange de poudre noire, d'huile, et de diverses mixtures dont seul le militaire en connaissait la nature.

Le vieil homme se décida à agir. Il inspira longuement, frottant son chapelet entre ses doigts, et sortit l'engin de sa besace afin de le placer contre le mur de bois. La porte qui donnait sur une petite cour s'ouvrit soudain, et un homme sortit en titubant. Il se rapprocha dangereusement du moine, qui retint sa respiration, partiellement dissimulé par un buisson. L'homme, fortement alcoolisé, vint se soulager la vessie à moins d'un mètre de Hirosawa, marmonnant quelques couplets de chansons grivoises. Après avoir fini son affaire, l'ivrogne regagna l'intérieur de la taverne, aussi vite qu'il en était sorti. Le moine souffla de soulagement, tandis que son front était perlé de sueur. Il saisit fébrilement une boîte d'allumettes, qu'il approcha tout près de la mèche. La première se brisa en deux lorsqu'il tenta de la gratter. La deuxième s'effrita dans ses mains. La troisième s'enflamma enfin, et le vieil homme l'approcha délicatement de la bombe. La mèche prit feu aussitôt, et Hirosawa courut aussi vite qu'il le put derrière un arbre.

Le moine attendit un moment, mais rien ne se produisit. Pris de panique, il ne savait que faire, et hésita à sortir de sa cachette, afin de vérifier si la mèche ne s'était pas éteinte. Il se décida finalement à s'approcher prudemment de la taverne, lorsqu'une spectaculaire détonation retentit, projetant un torrent de flammes en tous sens. La bombe incendiaire avait fonctionné à merveille, répandant le feu sur la moitié de l'édifice, jusque sur la toiture. Des hommes armés sortirent en hurlant, tandis que des chandelles dans les chaumières alentour s'allumaient l'une après l'autre. Hirosawa profita du vacarme ambiant pour disparaître dans l'ombre de la forêt, aussi furtivement qu'il était apparu…

*

Le temps s'écoulait lentement et péniblement, aussi les longues minutes passées à attendre leur semblaient être des heures. Non loin de l'espionne et du détective, un rat se faisait un festin de quelques grains de riz qui étaient tombés d'un sac éventré. C'est alors qu'un homme se mit soudain à hurler depuis la cour principale, suivi en cadence par ses collègues. Une cloche retentit de quelque part sur les murs, et les gardes se mirent en branle. Le plancher au-dessus de leur tête trembla soudain bruyamment, et trois hommes dévalèrent l'escalier afin de gagner les portes du fort.

Les deux intrus attendirent quelques instants, avant d'emprunter à leur tour l'escalier dans le sens contraire des sbires. Septime passa la tête le premier afin d'inspecter le premier étage, qui semblait vide. Le vaste couloir n'était éclairé que par de petites chandelles posées çà et là sur quelques vieilles commodes et meubles laqués. Le plancher poussiéreux et partiellement effondré par endroits grinçait au moindre de leurs pas, aussi avançaient-ils sur la pointe des pieds. Le deuxième étage était plus sombre encore, et tout portait à croire qu'ils y étaient seuls. Ils se trouvaient en face de deux larges portes coulissantes, qui donnaient sur une pièce qui semblait couvrir la majeure partie de l'étage. Aucune lumière n'émanait de sous les portes, ni entre ses interstices, ce qui pouvait suggérer qu'elle était présentement vide.

Les hommes dans la cour continuaient de s'affairer, lorsque l'on entendit le bruit des sabots des chevaux qui martelaient le sol au galop, en s'éloignant du fort pour gagner le village. Naomi eut une pensée pour le moine, priant intérieurement pour que ce dernier ne se soit pas fait prendre par les bandits.

Septime entrouvrit tout doucement l'une des portes coulissantes, et s'introduisit dans la vaste pièce. La lune était cette nuit-là obscurcie par de sombres nuages, aussi sa faible lumière qui traversait les panneaux de papier permettait à peine à Septime de distinguer le bout de ses doigts. Le détective se risqua alors à craquer une allumette en retenant sa respiration, de peur que cela ne s'entende. Il prit également la peine de couvrir la flamme de sa main, afin que personne ne l'aperçoive depuis l'extérieur.

L'espionne vint le rejoindre dans la vaste pièce au milieu de laquelle trônait une table basse rectangulaire, sur laquelle elle manqua de peu de trébucher. Septime quant à lui étouffa un cri de surprise lorsqu'il se retrouva nez à nez avec un masque de guerre et son casque, tous deux attachés à une armure posée sur un buste. Aux pieds de celle-ci se trouvait un coffre qui par chance n'était pas verrouillé.

— Nous devrions nous séparer afin de gagner du temps, chuchota-t-il en tendant le paquet d'allumettes à sa partenaire.

— Et si le collier n'était pas dans cette pièce ? lança-t-elle en tendant l'oreille vers le couloir.

— Alors nous devrons ratisser le fort jusqu'à ce qu'on le trouve, répliqua Septime. Ce sont les quartiers privés d'Ono, il doit forcément se trouver ici ! Assez bavardé, mettons-nous au travail avant que les brigands ne reviennent du village.

Naomi s'éloigna à l'autre bout de la pièce, tandis que Septime inspectait le contenu du coffre. Il y trouva quelques estampes jaunies, ce qui semblait être des livres de comptes, ainsi qu'une paire de vieux pistolets, mais aucune trace du collier.

— Septime ! Venez voir ! lui lança Naomi d'une voix un peu trop forte, qu'elle s'empressa d'atténuer. Je pense avoir trouvé quelque chose d'intéressant…

Elle tenait dans sa main une petite boîte en bois qu'elle avait dénichée à l'intérieur d'une commode et sur laquelle étaient peints deux superbes iris. La boîte contenait quelques pièces d'or, une opale, ainsi qu'une élégante bague sertie d'une belle émeraude.

— Pas de collier hélas, constata Septime. Continuons de chercher.

Ils inspectèrent la pièce de long en large, dans tous les recoins, sans trouver trace du précieux bijou. Le détective commençait à perdre espoir, lorsqu'il fut attiré par un pan du mur qui ne ressemblait pas aux autres. Il s'en approcha pour découvrir qu'il s'agissait en vérité d'une fine porte coulissante, qui donnait sur une étroite alcôve. La minuscule pièce abritait un petit sanctuaire abritant deux urnes funéraires, qui étaient disposées de part et d'autre d'une statuette représentant une divinité du panthéon shinto.

— Un sanctuaire de maison traditionnel, afin d'honorer les défunts de la famille, intervint l'espionne.

— Même les voyous et les criminels ont besoin de spiritualité, constata Septime.

Ce dernier fut attiré par quelque chose qui entourait

la statuette. Son allumette s'éteignit au moment où il s'en approcha, si bien qu'il dut en rallumer une autre. Grande fut sa surprise lorsqu'il découvrit à la lueur de la flamme la couleur si caractéristique de la pierre de jade.

— Le collier ! C'est lui ! Nous l'avons trouvé ! s'exclama Septime.

— Moins fort, le réprimanda l'espionne en regardant vers le couloir. Êtes-vous sûr qu'il s'agit du bon ?

— Oui, c'est exactement le bijou qui m'est apparu lors de ma vision dans le temple, cela ne fait aucun doute. Prenons-le et sortons d'ici avant que le fort ne se remplisse à nouveau d'hommes…

Le détective s'empara du collier afin de le placer dans une sacoche de cuir, qu'il portait en bandoulière. Une secousse parcourut soudainement son corps à son contact, et ses oreilles se mirent à bourdonner. Il eut soudain une vision.

Un grand et bel homme aux cheveux longs et une ravissante jeune femme se promenaient dans un jardin remarquablement bien agencé, où chaque arbuste, chaque carré d'herbe était taillé au millimètre près. Les deux jeunes gens empruntèrent un joli pont en arc peint en rouge, qui enjambait un ruisseau recouvert de nénuphars, sur lequel ils s'arrêtèrent un moment. L'homme saisit délicatement la main de sa jeune amie et sortit de son beau vêtement aux couleurs chatoyantes un magnifique collier de jade et d'or. La femme, comblée de bonheur, se jeta dans ses bras après avoir passé le bijou autour de son cou. Le ciel s'assombrit en un rien de temps, et le jardin se retrouva soudain en proie aux flammes, tandis que le sol était jonché de cadavres. Au milieu de ce spectacle abominable se tenait agenouillé dans la terre le beau jeune homme, qui était vêtu d'une armure maculée de sang. Il tenait dans ses bras le corps sans vie de sa compagne, et les larmes roulaient sur ses joues couvertes de poussière. Le chagrin fit progressivement place à une colère incontrôlable, et le détective vit alors des yeux emplis de haine, ces mêmes yeux qui l'avaient dévisagé dans la caverne du temple…

— Tout va bien, Septime ? s'inquiéta Naomi.

— Oui… Ne vous en faites pas, ce n'est rien, la rassura-t-il d'un ton hésitant. Éclipsons-nous pendant qu'il en est encore temps.

Ils sortirent de la pièce à pas de loup, en prenant soin de refermer les portes derrière eux, puis ils s'engagèrent dans l'escalier. Chacun de leurs pas faisait légèrement craquer le bois, mais ils réussirent à regagner le cellier sans encombre. Les deux acolytes s'avancèrent en direction de la sortie, lorsque deux hommes apparurent soudain à l'entrée du bâtiment. Septime s'arrêta net, mais Naomi, qui regardait derrière elle, heurta le dos du détective en poussant un cri de surprise. Les deux sbires, alertés par le bruit, découvrirent alors les intrus, et se précipitèrent sur eux en hurlant. L'un d'entre eux, armé d'un couteau, se rua sur le détective. Ce dernier esquiva de justesse un coup d'estoc en direction de son abdomen, et riposta en assenant un violent coup de poing dans la mâchoire de son assaillant. Ce dernier partit à la renverse, et sa tête vint percuter l'étagère où était posée la lampe à pétrole, qui vola avant de se briser sur la bâche qui couvrait les fûts de saké. De son côté, Naomi venait d'abattre de deux balles dans le torse son adversaire, qui était lui armé d'un sabre. Des cris retentirent depuis l'extérieur, et les bandits qui étaient restés au fort se précipitèrent vers le cellier.

— À couvert derrière les caisses, vite ! s'écria Septime en saisissant Naomi par la main.

À peine s'étaient-ils mis en position que les hommes d'Ono déboulèrent à l'entrée. Le feu quant à lui continuait de se répandre à une vitesse fulgurante grâce à l'alcool contenu dans les fûts, et les flammes grimpaient dangereusement vers le plafond. Un brigand enragé se dirigea vers les intrus en brandissant un maillet, tandis que deux de ses acolytes, équipés de naginata*, lui emboîtaient le pas. Septime saisit alors son revolver, et tira deux coups dans sa direction. Le premier projectile siffla à l'oreille du bandit, et continua sa course dans la cour, tandis que la deuxième balle le faucha en plein cœur. Ses deux compagnons opérèrent aussitôt un demi-tour, mais Naomi eut le temps d'en abattre un d'une balle dans la nuque, tandis que le détective neutralisa le troisième. Deux sbires armés de carabines se postèrent à chacune des portes d'entrée, et entreprirent de canarder copieusement la position de leurs adversaires. L'enfer se déchaîna sur les malheureux, et les balles sifflèrent au-dessus de leurs têtes. Des pans entiers des caisses de bois étaient arrachés au contact des projectiles, tandis que leur contenu s'éparpillait dans toute la pièce. Pour ne rien arranger, la fumée émanant des flammes rendait l'air difficilement respirable.

— Nous ne pourrons pas tenir la position bien longtemps ! s'inquiéta Septime entre deux quintes de toux. Nous devons sortir avant d'être emprisonnés par les flammes.

— Nous devons tenir une deuxième salve ! ordonna Naomi. Lorsqu'ils devront recharger leurs armes, nous en profiterons pour effectuer une sortie. En attendant, tenons-les occupés !

Ils comptèrent jusqu'à trois, et firent pleuvoir le plomb sur leurs adversaires, qui ripostèrent immédiatement en tirant sans discernement. Les projectiles fusaient en tous sens sans que personne ne touche sa cible. Le feu avait atteint le plafond, et commençait à dévorer le bois, qui s'affaissait dangereusement.

— Je vais être à court de munitions ! cria l'espionne.

Les tirs cessèrent du côté des brigands, qui durent recharger leurs armes.

— C'est le moment ou jamais, annonça-t-elle. Allons-y !

Naomi s'élança telle une diablesse, saisissant au passage le sabre d'une de ses victimes, qui gisait sur le sol. Elle se décala sur le côté et tira sur son adversaire de droite, qui reçut le projectile en pleine tête. Le détective quant à lui s'était rué vers la porte sur sa droite, ce qui lui offrit une fenêtre de tir sur son adversaire de gauche. Il s'accroupit et ajusta sa mire avant de faire feu. La balle frôla l'épaule du tireur qui mit à son tour Septime en joue, mais Naomi vida sa deuxième munition sur le brigand, qui n'eut pas le temps de presser la détente de son arme.

— Votre dette envers moi ne cesse de s'alourdir, mon cher ! lança-t-elle à l'attention du détective qui venait à nouveau d'être sauvé par sa camarade.

— La voie semble libre, déclara-t-il en faisant mine d'ignorer la remarque tout en tâchant de faire bonne figure. Atteignons les portes du mur d'enceinte avant que…

— Septime ! Attention !

Le détective eut juste le temps de lever les yeux pour apercevoir une énorme poutre du plafond en flammes s'effondrer sur lui. Naomi se précipita à sa rescousse, mais le malheureux se retrouva coincé au niveau du bassin, et il n'arrivait pas à s'extirper de sous la lourde charpente.

— Vous n'avez rien de cassé ? s'inquiéta l'espionne d'une voix paniquée. Poussez de toutes vos forces tandis que je vais faire levier de ce côté-ci, suggéra-t-elle en indiquant l'extrémité cassée de la poutre.

Septime acquiesça en grimaçant. Du sang coulait abondamment de son front.

C'est alors que trois hommes apparurent devant les portes, tous munis de sabres à leurs ceintures. L'espionne brandit son arme en se tenant devant Septime, comme pour le protéger. L'homme du milieu avait une barbe grisonnante, et des traits que l'agent impérial n'eut aucun mal à reconnaître.

— *Ça par exemple, regardez un peu qui vient nous rendre visite,* déclara-t-il d'un ton autant agacé que sarcastique. *Je ne saurais dire pourquoi, mais mon petit doigt me disait que j'étais loin d'en avoir fini avec toi... Aussi quand ma taverne s'est retrouvée soudainement en proie aux flammes, je me suis dit que je devais retourner au plus vite au fort, que cet attentat n'était peut-être qu'une diversion pour quelque chose de plus sournois encore...*

Naomi ne fit aucun commentaire, et ne quitta pas des yeux les deux sbires d'Ono, qui venaient de dégainer lentement leurs sabres. Elle n'avait plus de munitions et pouvait compter uniquement sur son arme blanche. Le détective quant à lui cherchait son revolver en tâtonnant le sol à l'aide de sa main, mais celui-ci était enseveli sous les décombres, et demeurait hors d'atteinte.

— *Tu vas regretter d'être venue ici,* reprit le chef des bandits. *Mes hommes vont te découper en petits morceaux, tandis que ton ami regardera, impuissant ! Nous nous occuperons de lui après... Fais-moi confiance, lui aussi regrettera d'être venu au monde.*

Ono fit un signe de tête à ses sbires, et tous deux se ruèrent sur l'espionne, qui adopta une garde haute pour leur faire face. Le premier d'entre eux frappa de taille en direction de l'épaule gauche de Naomi, qui para le coup en inclinant sa lame vers le haut. Elle se baissa afin d'esquiver l'attaque du second adversaire, qui manqua son coup de taille à l'horizontale. L'espionne se dégagea en effectuant une roulade sur la droite, et frappa d'estoc le premier sbire. Ce dernier pivota trop tardivement, et ne put contrer la lame qui vint se loger profondément au niveau de son bassin. L'homme poussa un râle en lâchant son arme, tandis que son sang coulait à flots sur le plancher. Septime, qui était réduit à l'impuissance, restait pantois devant les prouesses martiales de l'agent impérial, qui non contente d'être une tireuse hors pair, s'avérait aussi être une fine lame. Le second adversaire était bien plus coriace, à tel point que Naomi rencontra quelques difficultés à parer ses puissants coups, sans pouvoir prendre l'avantage dans le combat. Une opportunité se créa lorsque l'homme frappa d'estoc au niveau de l'abdomen. L'espionne parvint à bloquer la lame par le haut, fit un pas de côté vers la droite, et en une fraction de seconde, sabra à l'horizontal. Le fil de la lame trancha net la tête du malheureux, qui roula jusqu'aux pieds d'Ono. Ce dernier resta de marbre, son arme toujours au fourreau.

— *Impressionnant, poupée... Très impressionnant,* dit-il avec un sourire malicieux. *Il semblerait que j'aie enfin trouvé un adversaire à ma taille...*

Le bandit dégaina lentement sa lame scintillante, sur la laquelle des caractères étaient gravés avec la plus grande finesse. Septime se démenait de toutes ses forces pour s'extraire des décombres, tandis que l'espionne se mettait en garde. Ono la jaugea à distance, tournant autour d'elle en croisant ses pas. Sa posture était celle d'un escrimeur aguerri, et Naomi savait que le combat allait être rude. La charpente du donjon s'effondrait petit à petit, dévorée par les flammes, mais les deux bretteurs restaient imperturbables, chacun attendant l'attaque de son adversaire. L'espionne frappa la première, effectuant une feinte d'estoc vers le visage, suivie aussitôt par une coupe de taille au niveau de l'abdomen, que le brigand para sans difficulté. Ce dernier contre-attaqua, fendant l'air à deux reprises, ce qui contraint Naomi à reculer dangereusement en appui sur son mauvais pied. Les frappes s'enchaînèrent, toutes plus fougueuses et plus puissantes les unes que les autres, et l'agent impérial se retrouva rapidement en difficulté. Ono maniait le sabre avec une aisance déroutante, frappant tantôt à une main, tantôt à deux, et ses moulinets rapides comme l'éclair ne laissaient aucune contre-attaque passer sa défense. Naomi dévia avec peine une nouvelle attaque, mais elle ne put empêcher la lame de lui lacérer légèrement le bras. Elle poussa un cri de douleur, puis bondit en arrière, brandissant son arme vers son adversaire, tandis que sa main gauche tenait sa plaie, qui saignait de façon inquiétante. Le chef des bandits n'en profita guère pour attaquer, se contentant de rire cruellement.

— *Je t'ai fait mal ?* lâcha-t-il d'un ton narquois. *Allons ressaisis-toi, ce n'est que le début ! Je vais prendre mon temps avec toi…*

Il se lança soudain sur elle, en frappant de taille à plusieurs reprises, ce qui contraint l'espionne à parer à l'aide de ses deux mains, ne la faisant que davantage souffrir, tandis que le sang ruisselait de la plaie jusqu'à son poignet. Une puissante attaque arriva par le haut, et elle dut mettre un genou à terre, tant la frappe était foudroyante. La lame d'Ono glissa sur celle de son adversaire, et vint lui taillader la cuisse. L'espionne chancela, et le bandit en profita cette fois-ci pour l'attaquer de nouveau. Dans un réflexe presque animal, elle tendit son arme à une vitesse fulgurante, si bien qu'Ono, surpris, dévia avec difficulté la lame dont la pointe pénétra très légèrement ses tissus sur son flanc gauche. L'homme recula, mettant sa main à sa plaie, qui ressemblait davantage à une égratignure.

— *Joli coup,* dit-il en observant ses doigts imbibés de sang. *Tu te bats telle une tigresse, je dois bien l'admettre.*

— *Tu me diras ça lorsque je t'aurai ouvert de bas en haut !* hurla-t-elle pleine de rage.

La malheureuse était à bout de souffle et tenait à peine sur ses jambes. Le chef des malfrats se mit en garde, prêt à bondir sur sa victime.

— Nao ! Mon revolver sur ma droite ! cria Septime, qui commençait à s'étouffer au milieu de la fournaise, et des fumées qui en émanaient.

L'espionne effectua quelques pas croisés afin de se rapprocher du détective et de son arme, sans baisser sa garde qu'elle tenait bien haute. Son pied droit heurta un morceau de décombres du plafond, ce qui lui fit perdre l'équilibre pendant une fraction de seconde. Ce court laps de temps suffit à Ono pour lancer une attaque foudroyante, que Naomi bloqua au prix d'un effort surhumain, mais qui la fit chuter en arrière. Elle se releva d'un bond et frappa d'estoc. Le bandit contra la lame, et par un habile pivot du poignet, assena un puissant coup dans le nez de l'espionne avec le pommeau de son arme. Cette dernière tomba à la renverse à quelques pas du détective, lâchant son sabre qui heurta le bois du plancher. Ono aurait pu porter le coup de grâce, mais il préférait prendre son temps, et la tourmenter tout en savourant sa victoire.

— Nao, non ! hurla Septime, avec le peu de souffle qui lui restait. Relevez-vous, tout n'est pas terminé !

Le brigand afficha un sourire cruel, tandis que l'espionne tentait péniblement de se relever à quatre pattes.

— *Regarde ton petit ami qui s'inquiète pour toi,* ironisa-t-il d'une voix faussement attendrie. *Comme c'est touchant... Vous auriez pu vivre une belle et joyeuse petite vie tous les deux si vous n'aviez pas eu la stupide idée de venir me causer du tort !*

Il assena un puissant coup de pied dans le flanc de son adversaire défaite, qui s'effondra de nouveau en gémissant. Son visage meurtri était couvert de sang, de sueur et de suie. Ono écarta l'arme de l'espionne du bout de sa lame, la privant de toute possibilité de riposte. Septime de son côté se contorsionnait du mieux qu'il pouvait pour atteindre son revolver, qui n'était qu'à quelques centimètres de ses doigts.

— *Tu oses venir me menacer chez moi, me voler, et détruire mes propriétés !* hurla le bandit en frappant son adversaire avec violence au niveau de son bras blessé, lui arrachant un cri. *Et tu pensais que tout allait se dérouler sans encombre ! Tu pensais que je ne découvrirais pas tes petits plans de vermine, et que j'allais me faire duper comme un moins-que-rien !*

Il saisit l'espionne par les cheveux, et lui flanqua un coup de genou dans le ventre. Cette dernière roula sur le côté, se tordant de douleur. Elle repensa à Hirosawa et au pauvre lieutenant-colonel, qui jamais ne pourrait se libérer de la malédiction. Elle pensa au détective, qui allait vivre sa dernière aventure ici, loin des siens. Dans un dernier instant de lucidité, elle aperçut d'entre les décombres, le canon du revolver tant convoité, à quelques centimètres de son pied. Le brigand se tenait debout devant elle, le sabre à la main, les yeux rouges de colère.

— *Je vais t'arracher les yeux, sale vipère !* vociféra-t-il en contemplant le brillant de sa propre lame avec un regard démoniaque. *Tu vas payer pour ce que tu as fait !*

Naomi rassembla les dernières forces qui lui restaient,

et poussa de son pied le revolver en direction du détective. La crosse de l'arme vint effleurer les doigts de sa main droite, et en un battement de cils, Septime se saisit du revolver, le pointa en direction d'Ono, et pressa la détente. Le bandit eut à peine le temps de comprendre ce qui se passait, que le projectile se logea au plus profond de sa chair, au niveau de son épaule droite. L'homme recula sous le choc, ce qui permit à l'espionne de saisir son sabre, dont elle planta la lame dans l'abdomen de son adversaire, au prix d'un ultime effort. Ono, les yeux écarquillés, cherchant désespérément à reprendre son souffle, lâcha son arme afin de saisir à deux mains le manche du sabre qui le transperçait de part en part. Il tituba avant que ses jambes ne le trahissent, et l'homme tomba sur ses genoux, la bouche grande ouverte, sans que ses cordes vocales ne puissent produire le moindre son.

Naomi se redressa du mieux qu'elle put, afin de porter secours au détective. À deux, ils parvinrent non sans mal à pousser la poutre, ce qui permit à Septime de se dégager enfin. Le pauvre homme était lui aussi fortement diminué, et le bois à moitié calciné lui avait causé de légères brûlures aux avant-bras ainsi que de multiples contusions et autres hématomes. L'espionne se mit soudain à tourner de l'œil, et son partenaire la rattrapa de justesse.

— Nao ! Tenez bon, je vous en prie, l'implora-t-il.

Ayant trouvé une épaule sur laquelle s'appuyer, l'agent impérial recouvra ses esprits. Elle se dirigea vers Ono, qui, toujours à genoux, fixait le plancher en affichant un sourire affreusement malsain.

— *Penses-tu que cela en valait la peine ?* murmura-t-il à la vue de l'espionne.

Cette dernière s'approcha du mourant avec prudence, afin de mieux entendre.

— *Quelle étrange fascination avons-nous pour cette chose,* déclara-t-il de façon mystérieuse en tournant son regard vers la sacoche qui contenait le collier de jade. *Mes nuits n'ont plus jamais été les mêmes depuis que je suis rentré en sa possession. Dès le premier jour, j'ai commencé à entendre des murmures, à voir des ombres sur les murs…*

Il se mit à tousser, et du sang se mit à couler depuis les commissures de ses lèvres.

— *Pour une raison que j'ignore encore, je n'ai jamais eu le courage, ni même l'envie de m'en débarrasser. Aujourd'hui je suis persuadé que quelque chose le hante, et que son ancien propriétaire, d'une façon ou d'une autre, ne l'a jamais vraiment quitté…*

Le brigand tendit une main tremblante vers Naomi, comme s'il appelait à l'aide.

— *Ne commets pas la même erreur, lui dit-il d'une voix fébrile, à peine audible. Débarrasse-toi de cette horreur avant qu'elle ne…*

Le corps d'Ono fut soudain parcouru de violents spasmes, et son visage se figea dans une expression de terreur. Il poussa un gémissement plaintif, avant que le peu de vie qui restait encore dans ses yeux ne les quitte définitivement. Septime posa sa main sur l'épaule de la jeune femme, qui était restée immobile sans mot dire face au chef des bandits.

— Venez avec moi, lui intima-t-il d'un ton résolu. Quittons ce repaire du mal avant qu'il n'en reste que des cendres…

Ils se soutinrent l'un l'autre, progressant du mieux qu'ils purent vers les portes de la forteresse. Ils ne rencontrèrent personne pour leur barrer la route. Après plusieurs minutes de marche, Septime se retourna pour contempler une dernière fois le fort, dont le donjon en proie aux flammes brillait tel un phare dans l'obscurité de la nuit…

CHAPITRE 8

Les illusions des ombres

Le jour s'était levé depuis plusieurs heures déjà, et la chaleur du soleil imprégnait les bois autour du sanctuaire. On pouvait entendre depuis l'intérieur de la grotte les oiseaux chanter. Les rayons de l'astre inondaient les lieux de leur lumière éclatante, jusque dans les recoins les plus reculés de la cavité rocheuse. Le détective, qui venait de faire sa toilette dans une petite galerie à l'écart des autres, rejoignit le lieutenant-colonel près des restes du feu. Il s'assit en grognant, prenant soin de ménager son dos qui n'avait que trop souffert la nuit passée. Hirosawa avait concocté des onguents pour ses bras meurtris, et les légères brûlures commençaient déjà à cicatriser. Le vieil homme était à présent au chevet de Naomi, qui dormait toujours. La pauvre avait grandement souffert de son âpre combat de la veille, et ses blessures nécessitaient davantage de soins. Cependant, son nez contusionné n'était par chance pas cassé, et les entailles qu'avait laissées dans sa chair son terrible adversaire ne s'étaient pas infectées.

— Quelle femme incroyable, commenta Martin en regardant l'espionne dormir paisiblement.

— Vous auriez dû la voir hier soir dans le fort, maniant son sabre telle une amazone, renchérit Septime en se massant les lombaires. Si tous nos soldats étaient comme elle, je peux vous assurer que nous gagnerions chacune de nos guerres…

Le militaire sourit à la remarque du détective.

— Notre ami le moine n'était pas en reste. Incendier seul une taverne infestée de coupe-jarrets, et s'éclipser dans la nature sans se faire prendre ! Vous avez tous couru d'énormes risques pour me venir en aide, et je ne pourrai jamais m'acquitter de l'immense dette que j'ai envers vous…

Septime posa sa main sur l'épaule du lieutenant-colonel avec bienveillance.

— Vous en auriez fait autant, j'en suis sûr. Nous devons prendre des forces avant la confrontation finale, annonça-t-il afin de changer de sujet. Maintenant que nous avons le collier, nous pouvons apaiser l'esprit de Yasura, afin qu'il se détache de vous pour toujours.

Martin observa avec gravité le sac dans lequel était rangé le précieux artefact, qui restait toujours à portée du détective.

— Puis-je l'observer encore une fois ? se risqua-t-il à demander.

Sans un mot, Septime tendit la sacoche au militaire, qui la saisit avec appréhension. Il en sortit le bijou, qui malgré les innombrables siècles passés dans l'obscurité et l'humidité, n'avait rien perdu de sa superbe. Un frisson le parcourut.

— Oui, il n'y a aucun doute possible, confirma Martin en pensant à voix haute. Ce collier est bel et bien celui que j'ai trouvé dans la sacoche du caporal Bouchard, paix à son âme…

— Une fois que vous l'aurez restitué à son propriétaire, tout ceci ne sera plus qu'un mauvais souvenir, le rassura Septime.

Le militaire se détacha du bijou pour fixer le détective d'un regard inquiet.

— Vous pensez vraiment qu'il m'incombe de remettre le collier en personne ? N'y a-t-il aucune autre solution ? Je veux dire… Qu'adviendra-t-il lorsque je serai hors du sanctuaire ?

— Nous en avons déjà discuté, mon ami, lui répondit le détective en se voulant ferme mais rassurant. Restituer le collier ne représente qu'une partie du problème. Il faut également que la personne étant identifiée comme responsable de l'offense soit présente physiquement, afin que l'esprit puisse lui pardonner. Les talismans de notre ami Hirosawa devraient vous aider à tenir jusqu'au temple, comme ce fut le cas lorsqu'il vous a conduit jusqu'à ce sanctuaire. Combinés à la pierre de lune que je vous confierai, l'esprit de Yasura ne pourra pas vous atteindre.

Le lieutenant-colonel hocha la tête, sans grande conviction.

— Pouvez-vous me garantir que cela va fonctionner ? demanda-t-il en soupirant.

Il comprit au regard perdu du détective, et à son silence, que ce dernier ne pouvait lui garantir pareille chose.

— Oubliez cette question idiote, finit par dire Martin en souriant tristement. Je préfère tenter le diable plutôt que de moisir ici pour le restant de mes jours. Nous ferons selon vos plans.

Septime lui sourit en retour.

— Ne vous en faites pas, vous êtes entre de bonnes mains. Restons soudés, agissons avec méthode, et nous vaincrons.

L'officier opina du chef en signe d'approbation, tandis que le détective le laissa seul un moment pour s'enquérir de Naomi, qui venait de se réveiller. Cette dernière sourit à l'approche de son partenaire, qui vint s'asseoir délicatement auprès d'elle. Le moine prit soin de les laisser seuls un moment et en profita pour aller chercher de l'eau fraîche.

— Comment vous sentez-vous ? demanda Septime avec inquiétude.

L'espionne voulut se redresser, mais le détective l'intima de rester allongée.

— Disons que j'ai connu des jours meilleurs, répondit-elle avec humour.

Septime lui sourit tendrement.

— Vous avez fait preuve d'une adresse et d'un courage remarquables, la complimenta-t-il. Je n'avais jamais vu de telles prouesses au combat de toute ma vie, vous pouvez me croire.

— C'était avant tout un travail d'équipe, corrigea-t-elle malgré son visage boursouflé. Nous formons un duo plutôt efficace, ne trouvez-vous pas ?

Ils se mirent à rire ensemble.

— Nao, je… Je voulais vous remercier de m'avoir sauvé la vie une fois de plus… Ce sont les anges qui vous ont mise sur ma route, je n'en ai plus aucun doute à présent.

— Arrêtez, vous allez me faire rougir, protesta l'espionne amusée. Si jamais les services secrets venaient à me congédier, vous pourrez toujours me recruter comme garde rapprochée lors de vos futures enquêtes !

Septime rit à son tour.

— À vrai dire je l'envisage déjà ! répliqua-t-il avec humour.

— Je voulais également m'excuser pour ne pas vous avoir cru dès le début, lança Naomi après un court silence. Le collier existait bel et bien, et je me sens à présent comme une idiote… Pardon d'avoir mis en doute votre parole…

— Ne vous excusez pas, lui dit-il presque dans un murmure. Vous avez accepté de me suivre dans cette quête malgré vos craintes et je vous en remercie. Reposez-vous à présent. Maintenant que nous avons le collier, nous pouvons prendre notre temps.

Naomi ferma les yeux en toute quiétude, le sourire aux lèvres, et le cœur léger.

*

20 novembre 1873,
Col de Iide

C'était une nuit calme et agréable sous un ciel dégagé, dévoilant une mer d'étoiles scintillantes au-dessus des montagnes. Le temps s'était considérablement rafraîchi à l'approche de l'hiver, et l'on attendait les premières neiges dans les quelques jours à venir. Yuya, qui était de garde jusqu'à l'aube, s'était emmitouflé dans son manteau, scrutant l'horizon dont les traits se devinaient sous la lumière de la lune. Il était accompagné de son camarade Kazu, qui faisait mijoter un ragoût de haricots au-dessus d'un petit feu de camp. Les deux jeunes gens avaient été assignés au poste le plus avancé, à l'entrée du col qui permettait d'accéder à la province de Yamagata depuis le Sud-Ouest, et qui menait au village des rebelles.

— *Yuya ! Ramène tes miches par ici, et viens me dire si le ragoût manque de quelque chose,* lança Kazu à mi-voix.

Le jeune rebelle s'approcha de son camarade avec hésitation.

— *Nous ne sommes pas censés quitter des yeux le sentier !*

le mit en garde Yuya. *Imagine que Nakajima nous surprenne… Il avait également dit qu'il ne fallait pas allumer de feu !*

— *Ce que tu peux être rabat-joie,* l'invectiva Kazu en levant les yeux au ciel. *Cesse de faire ta pleureuse et goûte-moi ça !*

La sentinelle porta la louche de bois à ses lèvres, et goûta la préparation, en manquant de peu de se brûler la langue.

— *Pas mal,* répondit-il. *Il ne manque rien.*

— *Excellent !* s'exclama Kazu. *Tiens, sers-nous pendant que je vais pisser.*

Le jeune homme s'éloigna vers un buisson, tandis que son acolyte versait le ragoût dans deux écuelles en terre cuite.

— *Au fait, où en es-tu avec la fille du forgeron ?* l'interrogea Kazu d'une voix distante, tout en se soulageant la vessie. *Comment s'appelle-t-elle déjà ?*

— *Mieko,* répondit Yuya, légèrement agacé que l'on se mêle de ses affaires privées.

— *Ah oui, c'est ça… Bon alors comment cela avance-t-il ? As-tu déjà parlé à son père ?*

Yuya leva les yeux au ciel en soufflant.

— *Non, et je ne suis pas pressé de le faire ! Il me briserait la tête avec son marteau avant même que je ne prononce le moindre mot. Mais assez parlé de mes histoires, viens donc prendre ta pitance avant qu'elle ne refroidisse !*

— *Allons, tu devrais prendre ton courage à deux mains,* lui conseilla Kazu d'un air moqueur. *Si tu veux mon avis tu devrais…*

Un bruit sourd se fit entendre depuis le buisson, suivi d'un étrange silence.

— *Kazu ? Est-ce que tout va bien ?*

Le jeune homme ne répondit pas à l'appel de son camarade, ce qui mit ce dernier en alerte.

— *Kazu tu m'entends ? Ne fais pas l'idiot, réponds !*

Yuya déposa les écuelles sur une souche, et se dirigea vers son acolyte, en prenant soin de saisir son fusil au passage.

— *Si c'est une plaisanterie, sache qu'elle ne m'amuse pas du tout !* lança le jeune homme d'une voix fébrile.

Il s'arrêta à un pas d'une masse sombre sur le sol, qu'il prit tout d'abord pour un rocher. Voulant en être certain, la jeune sentinelle se pencha au-dessus, pour découvrir avec effroi le corps sans vie de son ami. Yuya étouffa un cri. Il sentit quelque chose s'avancer dans son dos, et se retourna pour faire face à une sombre silhouette qui se tenait debout devant lui. Une lame de couteau vint se figer en un éclair dans sa gorge, lui coupant le souffle instantanément. Le rebelle s'effondra sur ses genoux, tentant de refermer la plaie à l'aide de ses deux mains, tandis qu'il se vidait de son sang. Il aperçut, à la lueur du feu de camp, des dizaines de silhouettes en uniforme, progressant d'un pas rapide et silencieux vers les hauteurs. Des images de son village, de sa famille et de ses amis, de sa belle Mieko, défilèrent dans l'esprit de Yuya. Sa vue se brouilla, son cœur cessa de battre, et la douleur disparut totalement…

*

Il avançait seul dans le brouillard, muni uniquement d'une lampe à pétrole, qu'il tenait en avant à l'aide de son bras tendu. Il n'y avait aucun horizon, aucun point de repère, pas même une étoile dans le ciel pour le guider. Pourtant l'homme poursuivait sa route, inlassablement, d'un pas lent et régulier. Il avait choisi cette direction, mais il aurait très bien pu en prendre une autre, car tout, absolument tout se ressemblait dans cet océan vaporeux. Il ne pouvait voir à plus de deux mètres de distance, et une épaisse brume qui lui arrivait jusqu'aux genoux l'empêchait de distinguer ses propres bottes. Son pied heurta soudain une stèle de pierre, qui trônait seule au milieu de nulle part. Cette dernière ressemblait à s'y méprendre à une pierre tombale. Quelque chose semblait y être écrit, et l'homme se pencha pour en déchiffrer le sens. Il mit un genou à terre, et balaya la brume à l'aide de sa main, tout en approchant sa lampe des caractères gravés dans la roche usée. Son sang ne fit qu'un tour, et son estomac se noua lorsqu'il put enfin lire distinctement :

Martin Émile Tussaud, 1825 – 1873.

La terreur s'empara de lui, et il fut pris de panique, ne pouvant à peine respirer. Il tourna sur lui-même plusieurs fois, cherchant en vain un chemin, une lueur, n'importe quoi qui aurait pu l'aiguiller vers une échappatoire. Il se mit à errer en marchant d'un pas rapide et nerveux, agitant sa lampe dans tous les sens. Il se heurta à une autre stèle puis une autre, et encore une autre. Elles étaient toutes identiques, se dupliquant à l'infini dans le néant, et arboraient les mêmes inscriptions. Le pauvre homme était terrorisé et à bout de souffle. Il se mit à courir, trébuchant à plusieurs reprises sur les nombreuses stèles de ce lugubre cimetière, qui portaient toutes le même nom. Il stoppa soudainement sa course folle lorsqu'il aperçut, seul au milieu du brouillard, un arbre sombre et dénudé, arborant de longues branches tordues. D'abord hésitant, il finit par s'en approcher, comme s'il était attiré par de curieuses forces. Ses doigts se crispèrent sur la hanse de sa petite lampe, dont la lumière s'atténuait à mesure qu'il s'approchait de l'arbre. Ses sens le mirent en alerte, et l'homme s'arrêta net, n'osant bouger le moindre orteil.

Il tendit l'oreille et les poils sur son corps se hérissèrent. Un murmure à peine audible, semblable au soupir d'un mourant à l'agonie, résonna dans ses tympans. Il voulut opérer aussitôt un demi-tour, mais ses jambes refusaient de bouger. C'est alors qu'il aperçut distinctement une main pâle aux longs doigts crochus, qui apparut de derrière l'arbre. Les phalanges aux longs ongles semblables à des griffes, se mirent à tapoter en cadence sur l'écorce, vite, toujours plus vite. Le bruit en devint rapidement insupportable, et le pauvre homme se boucha les oreilles à l'aide de ses mains en sanglotant.

— Martin ! Martin réveillez-vous !

L'officier se dressa d'un bond dans son lit de camp, suffoquant et dégoulinant de sueur. Naomi se tenait accroupie auprès de lui, une main réconfortante posée sur son dos.

— Tout va bien, ce n'était qu'un mauvais rêve, lui dit-elle en souriant.

Martin se frotta les yeux, et accepta le verre d'eau que son amie venait de lui tendre. Il constata avec joie que l'espionne s'était remise de sa confrontation avec le chef des bandits, et que son visage meurtri n'affichait à présent qu'une légère contusion au niveau du nez.

— Hirosawa et Septime sont prêts, reprit la jeune femme. Nous n'attendons plus que vous.

— Oui, pardonnez-moi, ma nuit n'a pas été de tout repos, se justifia le militaire, qui avait recouvré ses esprits. Donnez-moi quelques minutes pour faire ma toilette, et nous pourrons filer.

— Du calme, prenez le temps d'avaler quelque chose avant de partir, lui recommanda l'espionne en pointant du doigt une écuelle qu'elle avait pris soin de poser sur une planche de bois près du feu. Vous aurez besoin de forces pour…

Elle ne put finir sa phrase, et Martin lui saisit la main en souriant à son tour.

— Ne vous en faites pas, Nao, tout se passera bien pour moi, lui dit-il comme pour s'en convaincre lui-même. Je suis entre de bonnes mains, et j'ai toute confiance en Septime.

L'espionne se força à son tour de paraître sereine, bien que ses yeux trahissent son inquiétude.

— Je vais vous laisser vous préparer, lui annonça-t-elle en se levant. Lorsque vous serez prêt, rejoignez-nous à l'entrée. Nous ferons un dernier point avant de partir, afin de s'assurer que tout est en ordre.

L'officier opina du chef, et saisit son écuelle qui contenait du riz, ainsi que des œufs brouillés. Il prit le temps de savourer son repas, en priant intérieurement pour que ce ne soit pas le dernier…

*

Martin venait de rejoindre ses compagnons à l'entrée du sanctuaire, un endroit qu'il n'avait fui que trop longtemps, tant et si bien qu'il dut se couvrir les yeux, car ils n'étaient plus habitués à la lumière du soleil. Il s'était taillé la barbe pour l'occasion, avait noué ses cheveux derrière sa nuque, et avait revêtu son uniforme de l'armée.

— Si je dois mourir aujourd'hui, autant que ce soit en grande tenue, avait-il ironisé devant ses amis.

Malgré sa bonne humeur apparente et son esprit taquin, le pauvre n'en menait pas large intérieurement, et l'idée même de faire un pas dehors lui nouait l'estomac.

— Bien, rapprochez-vous de moi, il est temps de s'assurer que tout est en place, annonça Septime d'un ton impérieux.

Prenez ce quartz ainsi que cette pierre de lune, et gardez-les dans votre sacoche près de vous. Ces artefacts agiront comme des réceptacles pour les énergies néfastes qui vous submergeront dès que vous aurez quitté le sanctuaire, et ils canaliseront ces forces obscures comme le buvard aspire l'encre.

Le détective déposa les pierres dans la main du lieutenant-colonel, qui les rangea précautionneusement dans une petite sacoche de cuir qu'il portait en bandoulière.

— Hirosawa de son côté vous a confectionné ces trois talismans qu'il nomme omamori*, reprit le détective en présentant les artefacts du vieux moine. Je n'ai aucune garantie quant à leur efficacité, mais notre ami a l'air sûr de lui.

— Cela ressemble fortement à ce qu'il m'avait donné lorsque nous avons quitté le temple la première fois, observa Martin en recevant les talismans semblables à de petites amulettes en tissu, sur lesquelles étaient brodés des caractères complexes.

— La combinaison de ces objets devrait vous protéger durant notre trajet jusqu'au temple, conclut Septime. Gardez les yeux baissés le plus possible, et évitez de fixer trop longtemps un même point. Si vous apercevez du mouvement ou une ombre dans les bois bordant le sentier, détournez immédiatement la tête, et serrez votre sacoche près de votre poitrine. Il ne faut surtout pas que Yasura croise votre regard avant notre arrivée.

L'officier acquiesça en déglutissant avec peine. Naomi de son côté avait amené les chevaux sellés, prêts à être montés. Elle vint se placer à l'entrée du sanctuaire aux côtés du moine, tandis que Septime invita le lieutenant-colonel à le suivre.

— Allez Martin, finissons-en tous ensemble, une bonne fois pour toutes.

L'homme inspira longuement en fermant les yeux, et d'un pas décidé, franchit le seuil du sanctuaire, et se retrouva à l'extérieur de la grotte. La chaleur salvatrice du soleil s'empara de son corps, tandis que le parfum des pins humides vint lui caresser le nez. Il se sentit revivre l'espace d'un instant, et il ouvrit les yeux en souriant. L'espionne lui saisit la main avec tendresse, avant de lui amener les rênes de son cheval.

— Comment vous sentez-vous ? lui demanda-t-elle.

— Ma foi, je m'attendais à pire, reconnut-il un peu décontenancé. Je ne ressens rien de particulier. C'est à se demander si…

Son regard fut attiré par quelque chose dans les profondeurs de la forêt. Il crut d'abord à un animal, mais son visage se figea en une effroyable grimace lorsqu'il aperçut les contours d'une ombre à la forme humaine.

— Il est là, tonna-t-il soudain d'une voix sortie d'outre-tombe, affichant une expression d'épouvante à glacer le sang. Il m'observe. Il est venu pour moi…

L'espionne tourna son regard vers le détective, le fixant avec des yeux inquiets, dans l'espoir qu'il vienne en aide à leur compagnon.

— Cessez immédiatement de le regarder et montez sur votre monture, intervint Septime d'une voix qui se voulait posée mais ferme.

— Mon Dieu… J'entends sa voix ! J'entends ses murmures qui résonnent dans ma tête, se plaignit Martin en s'affolant. Je devrais retourner dans le sanctuaire, je n'aurais pas dû…

— Faites-moi confiance, pour l'amour du ciel ! le coupa Septime en le saisissant par le bras. S'il avait pu contrer les pouvoirs des talismans, vous seriez mort à l'instant même où vous avez posé le pied dehors !

L'officier se ressaisit aussitôt, et s'efforça de chasser cette maudite voix de son esprit.

— Bien... Je me calme... Je respire, dit-il à voix haute. Allons-y, finissons-en.

— En route ! ordonna Septime en ouvrant la marche.

Ils avançaient en file indienne sur l'étroit sentier qui menait à l'autre bout de la vallée, où se trouvait le temple. Le beau soleil matinal avait rapidement cédé sa place à de sombres nuages, recouvrant un ciel presque noir. La forêt, où il régnait un silence de mort, était également plongée dans une pénombre particulièrement oppressante. Martin, qui s'efforçait de ne pas regarder sur les côtés, serrait sa sacoche bien fort contre sa poitrine. Il avait cet effroyable sentiment d'être constamment épié depuis les fourrés, étrangement persuadé que sa vie ne tenait qu'à un fil. Le militaire entendit quelque chose bouger dans les fougères sur sa droite, mais il prit soin de ne pas tourner la tête pour voir de quoi il s'agissait. Le détective l'avait également entendu, et avait instinctivement porté la main à son arme. Une bête surgit soudain des bois, et fila à toute vitesse vers les voyageurs. L'animal, semblable à un petit renard, mais au pelage plus dense, atterrit dans les pattes du destrier de Martin, qui surpris, se cabra en hennissant de peur. Le lieutenant-colonel perdit l'équilibre, et chuta en arrière, s'écrasant de tout son poids sur le sol rocailleux. La créature avait quant à elle disparu dans les profondeurs de la forêt.

— Martin ! Bon sang que s'est-il passé ? Rien de cassé ? s'inquiéta Septime qui était descendu de son cheval pour venir en aide à son ami.

— Plus de peur que de mal, répondit l'officier, qui venait déjà de se relever.

— Un renard à trois queues, déclara Naomi toujours sous le choc. Je pensais que ce n'était qu'une légende…

— *Cela ne présage rien de bon, nous devrions ouvrir l'œil,* commenta à son tour Hirosawa, qui avait également identifié la créature.

Le lieutenant-colonel s'apprêtait à remonter sur son cheval, lorsque les muscles de son dos se figèrent soudain, comme s'ils venaient de geler instantanément. Il eut le réflexe de chercher de sa main sa sacoche, et s'aperçut qu'elle n'était plus là.

— Martin, les talismans ! hurla Naomi en montrant du doigt la sacoche qui gisait sur le sol.

Septime se précipita pour la ramasser, juste au moment où le militaire commençait à saigner du nez, les yeux grands ouverts rivés vers les arbres, affichant une expression de terreur.

— Restez avec nous mon vieux, luttez de toutes vos forces ! cria Septime en replaçant la sacoche sur les épaules du malheureux.

Martin menait une résistance acharnée contre ce pouvoir démoniaque qui le consumait de l'intérieur, si bien qu'il parvint au prix d'un effort titanesque à détourner le regard des ombres de la forêt, provoquant la colère de Yasura, dont le cri résonna jusque dans l'âme du soldat. Épuisé, ses jambes le trahirent et il se serait effondré au sol si le détective ne l'avait pas retenu.

— Calmez-vous, lui intima Septime. Le mal est passé.

— Dieu tout-puissant… Il était si proche, lâcha Martin à bout de souffle. Êtes-vous sûr qu'il est bien sage de continuer notre route ?

L'espionne et le moine étaient également descendus de leur monture afin de soutenir leur camarade. Hirosawa regardait frénétiquement autour de lui, son chapelet bien serré dans le creux de sa main.

— Faire marche arrière maintenant serait une folie, répliqua le détective en aidant le soldat à se relever. Cependant il faut bien que vous compreniez qu'à mesure que nous approcherons du temple, l'influence de Yasura ne cessera de croître, et il fera tout ce qui est en son pouvoir pour contrer les barrières spirituelles produites par les talismans. Nous savons à présent qu'il commande à la nature, et qui sait quels autres tours le moine déchu nous réserve…

— J'en ai conscience, et c'est bien cela qui me fait peur, appuya Martin.

Septime croisa le regard de l'espionne, qui semblait tout aussi anxieuse.

— Cette décision vous appartient, Martin, lança le détective en posant sa main sur l'épaule de l'officier. Je vous ai juré de mettre tout en œuvre pour vous protéger de l'influence de Yasura, mais je ne puis vous garantir que mon plan soit infaillible. Tels étaient les termes depuis le début…

— Et je les ai acceptés en âme et conscience, répondit l'officier en rajustant la sangle de sa sacoche. Vous avez raison, il serait idiot de rebrousser chemin si près du but. Reprenons la route, avant que d'autres maléfices ne s'abattent sur nous…

*

Les compagnons venaient de traverser une bonne partie de la vallée, sans avoir rencontré de nouveaux obstacles, et entamaient à présent la dernière ligne droite jusqu'au temple. La température de l'air avait chuté de façon surréaliste, et une atmosphère pesante régnait autour d'eux. Un loup se mit soudain à hurler dans le lointain, imité bientôt par d'autres, qui semblaient quant à eux bien plus proches.

— Les loups abondent-ils dans vos forêts ? questionna Martin afin de détendre l'atmosphère.

— Autrefois oui, répondit Naomi sans cesser de scruter les environs. Le folklore japonais regorge de légendes mettant en scène des loups, tantôt avec des humains, tantôt avec les dieux. Hélas, la cohabitation avec l'homme n'a jamais été simple, et l'espèce se fait de plus en plus rare à mesure que nous empiétons sur son territoire…

Les loups se mirent à hurler de nouveau, et les chevaux commencèrent à devenir nerveux.

— Nous avons le même problème en France, renchérit le lieutenant-colonel en caressant l'encolure de sa monture afin de la calmer. Pauvres bêtes tout de même…

— D'après ce que j'ai pu lire dans votre littérature, les loups gris européens semblent plus imposants que leurs homologues japonais, répliqua l'espionne. Ici ils ne sont guère plus gros que de petits chevreuils, et leurs attaques sur les hommes restes extrêmement marginales.

Septime, qui n'écoutait la conversation que d'une oreille, se retourna en même temps que Hirosawa lorsque tous deux entendirent quelque chose approcher. Trois créatures sortirent du bois, et se mirent à suivre le groupe d'un pas soutenu.

— Ceux-là ont l'air pourtant de belle taille, ironisa le détective en montrant du doigt les loups, qui devaient se situer à moins d'une centaine de mètres.

Naomi et Martin cessèrent leur conversation pour se retourner à leur tour.

Les animaux étaient à présent au nombre de cinq, et il en arrivait de plus en plus, surgissant comme par magie.

Ils semblaient grands et robustes. Leurs yeux rouge vif contrastaient avec la noirceur de leur pelage.

— Quelle nouvelle sorcellerie est-ce là ? s'exclama Martin en dégainant son revolver.

Les chevaux se mirent à renâcler et à frapper nerveusement des sabots sur le chemin de terre.

— Je suggère que nous déguerpissions avant d'en avoir le cœur net, proposa Septime en pressant son destrier. Au galop, vite !

Ils s'élancèrent tels des diables sur le sentier, poursuivis aussitôt par les prédateurs à l'apparence sortie tout droit d'un cauchemar. Les chevaux, aussi fougueux soient-ils, avaient peine à maintenir la distance avec ces créatures infernales, dont les hurlements devaient résonner dans toute la vallée. Septime et Martin galopaient en tête, suivis de Naomi et de Hirosawa, qui n'étaient plus qu'à une vingtaine de mètres de leurs poursuivants. L'espionne se retourna, pour apercevoir les monstrueuses gueules aux mâchoires démesurées des créatures, qui n'étaient à l'évidence pas de simples loups. La course-poursuite dura un bon moment, jusqu'à ce que les aventuriers atteignent la limite de la forêt, laquelle donnait sur un plateau recouvert par la brume. Ils s'y engagèrent, toujours talonnés par cette horde démoniaque, qui ne semblait pas vouloir lâcher prise. L'officier et le détective distinguèrent soudain dans la brume les murs d'enceinte de ce qui ressemblait à une vieille bâtisse en ruine.

— *Le temple ! Nous y sommes presque !* hurla Hirosawa à l'attention de l'espionne.

— Nous approchons du temple ! traduisit Naomi en tentant de maintenir les rênes de sa monture qui filait à une vitesse folle.

— Entrons et repoussons-les aux portes ! suggéra Septime, tout essoufflé par cette folle cavalcade. Martin, vous êtes avec moi ?

Le lieutenant-colonel se contenta d'armer le chien de son revolver en guise de réponse, bien déterminé à en découdre avec la meute.

Ils arrivèrent devant les portes éventrées de l'édifice, qu'ils franchirent au galop, avant de faire subitement volte-face, arme au poing et prêts à faire feu. C'est alors que les créatures, qui semblaient si réelles un instant plus tôt, disparurent soudain dans un nuage de fumée, telles des apparitions fantomatiques qui venaient de s'estomper. Les compagnons restèrent sans voix devant ce spectacle ahurissant.

— Mais alors cela veut dire… Que ce n'était qu'une illusion ? bégaya Naomi, son arme toujours à la main.

— Nous avons affaire à une entité extrêmement puissante, qui est vraisemblablement à même d'agir sur notre monde, et d'en distordre la réalité, constata Septime en fronçant les sourcils. Nous devrons faire preuve d'une vigilance extrême dans les cavernes, ainsi que d'un discernement sans failles si nous voulons avoir une chance de déjouer les pièges tendus par notre hôte…

*

Le ciel avait pris de curieuses teintes rougeâtres, et le soleil quant à lui, était semblable à un astre mort, dissimulé derrière d'épais nuages noirs. Cette atmosphère apocalyptique n'avait pourtant pas dissuadé Martin et ses compagnons, qui étaient à présent à l'entrée des sombres cavernes, se préparant à l'ultime affrontement avec le maître des lieux. Le pauvre officier était tétanisé à l'idée de s'engouffrer dans les profondeurs de la terre, qui loin dans leurs plus sombres retranchements, abritaient le mal absolu.

— Souvenez-vous, Martin, à mesure que nous approcherons de sa dépouille, Yasura s'infiltrera de plus en plus dans votre esprit, et tentera d'en prendre le contrôle, le mit en garde Septime. Tout ce que vous verrez ou entendrez dans ces cavernes ne sera pour la plupart que le simple fruit de votre imagination. Vous ne devez en aucun cas y prêter la moindre attention. Est-ce bien clair pour vous ?

— Tout à fait clair, répondit le lieutenant-colonel en tentant de calmer son cœur qui s'emballait.

— Hirosawa va ouvrir la marche, annonça Naomi. Il connaît ces cavernes mieux que quiconque, et saura nous mener à la momie par le chemin le plus court.

Le moine, sans rien ajouter, s'engagea le premier dans l'humide et sombre cavité, et se retourna vers Martin afin de l'inviter à le suivre. Ce dernier inspira longuement, puis emboîta le pas du vieil homme la lampe dans une main, tandis que l'autre ne quittait pas la crosse de son revolver. L'espionne s'apprêtait à le suivre, lorsque Septime la retint par le bras.

— Nao, je ne sais à quoi nous allons être confrontés là-dessous, mais Martin pourrait potentiellement perdre le contrôle de lui-même, prévint-il à voix basse. Si cela devait se produire, vous devez vous tenir prête…

Elle vérifia d'un rapide coup d'œil que son arme était bien à portée, et acquiesça d'un signe de tête. Les deux compagnons s'engagèrent à leur tour dans les profondeurs de la caverne, prenant garde de ne pas perdre de vue leur guide. Ce dernier avançait d'un pas lent et prudent, son chapelet toujours serré dans la paume de sa main, et sa lampe tendue en avant.

Le groupe progressa ainsi pendant de longues minutes, s'enfonçant toujours davantage dans les entrailles de la terre, empruntant des dédales de galeries toutes plus étroites les unes que les autres. L'odeur qui imprégnait les lieux, mélange de poussière, de mousse humide et de renfermé, était tout bonnement insupportable. Hirosawa s'arrêta soudain à la sortie d'une artère, qui donnait sur trois entrées de tunnels. Le moine restait immobile et silencieux, plongé dans une profonde réflexion. Naomi, qui était tout aussi intriguée que ses camarades français, s'approcha du vieil homme.

— *Quelque chose ne va pas, maître Hirosawa ?* s'inquiéta-t-elle en approchant sa lampe près de son visage.

— *Ces trois tunnels… Il n'y en a toujours eu qu'un seul,* répondit-il perplexe. *Je connais ces galeries dans leurs moindres recoins, et je puis affirmer que je n'ai jamais vu pareille configuration…*

Un son étrange en provenance du tunnel qu'ils venaient d'emprunter les fit tressaillir, et tous se retournèrent en brandissant leur lampe vers la galerie en question.

— Vous avez entendu ça ? s'inquiéta Martin qui transpirait abondamment. On aurait dit le bruit d'une étoffe frottant sur la roche.

— Ce n'est que le fruit de notre imagination, ou tout simplement le vent qui s'engouffre dans les cavernes, tenta Septime, sans parvenir à réellement convaincre ses amis. Ces tunnels en revanche m'inquiètent bien davantage… Hirosawa ne se souvient-il plus de celui que nous devons emprunter ?

— Il dit que c'est la première fois qu'il les voit, précisa Naomi, qui commençait à manquer d'air.

Le vieil homme se rapprocha encore des étroites cavités, afin d'en inspecter les détails avec minutie.

— *Ce tunnel au milieu semble descendre encore plus sous la terre, tandis que les deux autres ont tout l'air de mener aux niveaux supérieurs,* annonça-t-il au bout d'un moment. *Je pense que nous devrions emprunter celui du milieu…*

Il fit signe aux autres de le suivre, et ces derniers n'y virent aucune objection. Le groupe continua sa progression dans la galerie, qui ressemblait à s'y méprendre aux nombreuses autres qu'ils avaient empruntées jusqu'alors. La descente était particulièrement longue, et le moine commençait à douter du bien-fondé de son choix. L'espionne, qui fermait la marche non loin du détective, se mit soudain à hurler, faisant sursauter ses compagnons, qui se retournèrent affolés.

— Que se passe-t-il Nao ? demanda Septime en rapprochant sa lampe du visage de la jeune femme.

— J'ai vu quelque chose derrière moi, dit-elle, apeurée. La silhouette d'un homme avec des bras démesurément grands ! Il avançait à toute allure vers nous, et a disparu dès que j'ai tendu ma lampe !

— Calmez-vous. Comme je vous l'ai dit, Yasura tente de nous jouer des tours et…

— Écoutez ! les interrompit le lieutenant-colonel, qui venait d'entendre quelque chose provenant du fond du tunnel.

Ils tendirent l'oreille, s'efforçant de ne faire aucun bruit. Rien ne se produisit dans un premier temps, jusqu'à ce qu'ils puissent distinguer distinctement des bruits de pas, qui évoquaient un homme marchant pieds nus. Le bruit s'intensifia, les pas se firent de plus en plus rapides, et de plus en plus proches.

— Il vient vers nous ! s'écria le soldat paniqué, en dégainant son arme.

— Rangez ce revolver avant de blesser quelqu'un ! le dissuada Septime en abaissant le canon de l'arme à l'aide de sa main. Rien de tout ceci n'est réel, vous m'entendez ?

À peine avait-il parlé que les bruits cessèrent instantanément.

— L'esprit de Yasura cherche à jouer avec nos peurs, poursuivit-il. Votre esprit doit rester fermé à toutes ces choses, et ne doit céder sous aucun prétexte, sans quoi vous resterez coincé ici… Bien, poursuivons notre objectif, et restons soudés.

Impressionnés par l'assurance du détective, les compagnons lui emboîtèrent le pas, non sans jeter de nombreux regards inquiets derrière eux. Ils débouchèrent finalement sur une cavité légèrement plus spacieuse, qui donnait elle aussi sur trois artères différentes.

— Bon sang, c'est ce que je craignais, annonça Septime en ramassant la pièce de monnaie qu'il avait déposée au sol en guide de balise, avant leur entrée dans le tunnel. Nous sommes revenus au point de départ, nous avons tourné en rond…

Martin lâcha un profond soupir, et dépité, s'accorda un moment de répit en s'asseyant à même le sol. Hirosawa, qui avait compris la situation, se mit à réfléchir à voix haute.

— *Si nous avons emprunté la galerie du milieu, et que nous sommes ressortis par celle de gauche, cela veut dire qu'il ne nous reste plus qu'une solution, celle de droite,* dit-il en s'avançant vers le tunnel. *Allez ne perdons pas le rythme ! Nous verrons bien ce qui nous attend de l'autre côté…*

— Attendez Hirosawa, il conviendrait de prendre un moment pour réfléchir ! intervint Septime tandis que le moine s'introduisait dans la galerie. Nao, pouvez-vous lui dire de…

Les illusions des ombres

La terre se mit soudain à trembler, si fort, qu'ils en perdirent l'équilibre. Les secousses ne ressemblaient en rien à celles d'un séisme ordinaire, et ne semblaient pas faiblir en intensité. Hirosawa revint sur ses pas en tentant de rester debout, tandis que Septime s'avançait péniblement vers lui en lui tendant la main. Ils n'étaient plus qu'à un mètre l'un de l'autre, lorsque le sol se déroba soudain sous leurs pieds, les précipitant dans le vide. Naomi et Martin furent à leur tour entraînés dans la chute, leurs cris de surprise et de désespoir se répercutant dans le néant des profondeurs sous la montagne…

CHAPITRE 9

L'homme qui voulait devenir bouddha

Hirosawa ouvrit un œil au milieu des ténèbres, tandis que son corps regagnait quelques sensations. Les premières douleurs apparurent, certaines vives, d'autres lancinantes, s'étendant de la tête aux pieds. Il était allongé sur le ventre, le visage plaqué contre le sol humide. Il entreprit tout d'abord de bouger les pieds, puis il s'appuya sur les paumes des mains, et parvint à se relever au prix d'un incroyable effort. Il était encore étourdi, et n'avait pas recouvré la pleine maîtrise de ses mouvements. Il appela ses camarades, mais aucun ne répondit. Le moine posa le pied sur un bout de verre qui se brisa sous sa semelle de bois, et qui devait appartenir à sa lampe qui n'avait pas supporté la chute. Il était ainsi plongé dans une obscurité presque totale, cependant qu'une infime lueur bleutée était visible à bonne distance sur sa gauche. Cette source de lumière constituant son seul espoir dans cet enfer ténébreux, le vieil homme se décida à la suivre.

Il avançait à petits pas, les mains tendues vers l'avant, afin de pouvoir appréhender les obstacles physiques sur son chemin.

Il tituba à de nombreuses reprises, et plusieurs fois il manqua de chuter, tant le sol était irrégulier. Il parvint néanmoins à atteindre l'étrange lumière, qui s'avérait être un lampion de papier posé sur un rocher, éclairant l'entrée d'un tunnel. Sa flamme toute bleue semblait figée dans le temps, s'élevant vers les hauteurs sans jamais vaciller. Le moine, intrigué par l'objet, hésita un moment à s'en emparer, puis finit par refouler ses craintes, désireux de retrouver ses compagnons au plus vite. Avaient-ils eu la même chance que lui ? Avaient-ils survécu à cette chute spectaculaire ? Le moine se refusa à penser au pire, et il s'engagea dans le tunnel d'un pas hardi. Ce dernier semblait serpenter à l'infini, s'enfonçant toujours plus profondément sous terre, et le pauvre homme devait emprunter un chemin tortueux, parsemé de virages en tous sens.

Hirosawa sentit soudain comme une présence non loin de lui, c'est pourquoi il s'interdit d'effectuer le moindre mouvement, allant jusqu'à retenir sa respiration. Ses poils se hérissèrent, les battements de son cœur s'accélérèrent. Prenant son courage à deux mains, il entreprit néanmoins d'avancer d'un pas, puis de deux, lentement, prenant soin d'être aussi silencieux qu'une ombre. Son lampion éclaira soudain quelque chose, une protubérance dans le noir, que l'on aurait pu identifier comme la tête d'un homme. Le moine déglutit avec peine. Ignorant sa peur, il se risqua à avancer plus encore. L'apparition était toujours là, immobile, située dans un coin près de la paroi gauche du tunnel.

Hirosawa s'avança, se rapprochant inexorablement de la chose. Il tendit fébrilement sa lanterne, et manqua de peu de la lâcher instantanément. Son hurlement de terreur résonna dans toute la montagne. Devant lui se tenait un homme chauve aux yeux vitreux, le teint livide, et souriant de toutes ses dents, dans une expression on ne peut plus malsaine. Il portait une longue tunique noire par-dessus un vêtement blanc, et portait un collier fait de perles de bois autour du cou.

— *Nobutada... C'est... Par les dieux, c'est bien toi ?* bégaya le moine en s'efforçant de ne pas céder à la panique. *Ce n'est pas possible, tu es mort avec les autres, c'est moi qui ai inhumé ton corps et...*

— Tu nous as abandonnés, Hirosawa, répondit l'individu, sans cesser de sourire. *Nous avons tous donné notre vie pour protéger les étrangers, tandis que toi, tu as préféré fuir...*

— *Nous sommes morts par ta faute, Hirosawa,* ajouta soudain une voix dans le dos du moine.

Le moine sursauta, et découvrit en se retournant un autre pensionnaire du temple. Ce dernier, au contraire de son acolyte, affichait une mine des plus tristes, et des larmes perlaient sur ses joues. Ses yeux étaient eux aussi vitreux, et semblaient regarder dans le vide.

— *Ce n'est pas vrai, je... J'étais parti chercher des provisions au village, vous le savez, vous savez bien que c'était mon tour ce jour-là,* bredouilla le pauvre homme en agitant sa lanterne en tous sens.

— *Tu nous as abandonnés, Hirosawa,* répéta le moine à l'affreux sourire.

— *Traître,* dit une autre voix plus éloignée.

— *Scélérat,* renchérit une autre.

Hirosawa lâcha son lampion et se prit la tête à deux mains, s'effondrant sur ses genoux. Les voix tout autour de lui s'entremêlèrent dans son esprit dans une cacophonie démoniaque. Il se souvint alors dans un éclair de lucidité des mises en garde de Septime à propos des illusions que Yasura pourrait créer de toutes pièces.

— *Tout ceci n'est pas réel,* réfléchit-il à voix haute. *Ce ne sont que de simples mirages de l'esprit…*

Le moine serra les poings, et se redressa d'un bond.

— *Tu ne m'abuseras pas, esprit de l'ombre !* hurla-t-il avec rage. *Retourne dans ton corps putréfié, et plus jamais ne viens souiller le seuil de ce temple ! Va-t'en ! Je te l'ordonne !*

Le calme revint soudain dans le tunnel. Les silhouettes des moines fantomatiques s'estompèrent pour faire place au néant. Hirosawa souffla de soulagement, en s'essuyant le front d'un revers de manche. Toujours muni de son lampion, dont la flamme avait repris une couleur naturelle, il poursuivit sa route, plus confiant. Des cris retentirent soudain au bout de la galerie, et le moine s'arrêta de nouveau. Ils avaient été produits par une voix féminine, et ressemblaient à des cris de détresse.

— *Mademoiselle Matsudaira ?! Ohé, vous m'entendez ?* répondit l'homme de foi en s'époumonant. *J'arrive, tenez bon !*

Persuadé d'avoir entendu sa camarade, qui semblait en détresse, Hirosawa se rua vers la sortie du tunnel dans l'espoir de lui venir en aide à temps…

*

L'agent impérial errait dans une sombre grotte, parsemée de stalagmites humides. Elle avait repris connaissance, le corps à moitié plongé dans une mare d'eau limpide, et avait par chance évité de se retrouver empalée sur les excroissances rocheuses. Les innombrables stalactites qui constituaient la voûte de l'antichambre étaient recouvertes d'étranges champignons fluorescents, qui prodiguaient au lieu une source de lumière.

L'homme qui voulait devenir bouddha

La jeune femme avait cherché en vain ses amis, et avait rapidement fait le cruel constat qu'ils avaient été séparés lors de leur chute. Déterminée à les retrouver, elle s'était mise en quête d'une échappatoire, qui pourrait la conduire aux niveaux supérieurs de ce labyrinthe troglodyte. Après de longues minutes d'exploration infructueuses, elle avait enfin trouvé ce qui s'apparentait à une étroite embouchure creusée dans la roche.

Ayant regagné un semblant d'espoir, l'espionne se dirigea vers la cavité, lorsqu'elle distingua soudain la silhouette d'un homme entre les stalagmites, qui se tenait debout, dos à elle. Naomi, surprise, manqua de peu de tomber à la renverse, et dégaina son arme par réflexe. L'individu restait parfaitement immobile et imperturbable, sans se retourner vers l'aventurière, qui n'avait pourtant que trop révélé sa présence. Cette dernière s'approcha prudemment de l'étrange silhouette, pour découvrir que l'homme portait un magnifique habit doré, décoré de carpes soigneusement brodées. Un petit chignon entouré d'une bandelette de tissu à l'arrière de sa tête surplombait une tonsure régulière sur le sommet de son crâne, à la mode des samouraïs de jadis. Malgré son âge en apparence avancé, l'étrange individu dégageait un remarquable charisme, fort d'une taille impressionnante, ainsi que de larges épaules. Curieuse de savoir ce qui accaparait l'attention du mystérieux personnage, Naomi se risqua à s'approcher davantage, tout en maintenant fermement ses doigts autour de la crosse de son arme. Elle sursauta soudain, ne pouvant contenir un cri d'effroi à la vue du macabre spectacle qui s'offrit subitement à elle.

Des dizaines de corps en armure gisaient sur le sol, en proie à l'appétit féroce des corbeaux et autres charognards, qui festoyaient de la chair froide des morts. L'étrange individu se retourna alors vers l'espionne, qui sous le choc, manqua de perdre connaissance.

— *Père... Non... Ce n'est pas possible,* bégaya Naomi, les yeux emplis de larmes.

L'homme ne répondit pas, se contentant de fixer tristement sa fille. Une profonde déception pouvait se lire dans ses yeux.

— *Vois-tu ces cadavres, Naomi ?* finit-il par demander en montrant du doigt le charnier. *Ils sont morts par ta faute...*

L'espionne se pencha, et constata qu'elle était vêtue de son uniforme impérial d'apparat, qui était taché de sang. Son père se tourna de trois quarts, et exposa son abdomen déchiqueté, qui laissait entrevoir une partie de ses viscères. Horrifiée, Naomi se précipita sur son géniteur, dont les jambes fléchirent. Elle le rattrapa de justesse, et l'aida à s'allonger en douceur en lui posant la tête sur ses genoux.

— *Restez avec moi père,* l'implora-t-elle en sanglotant. *Que s'est-il passé ? Pourquoi vous êtes-vous retrouvé ici ? Vous ne devriez plus faire partie de ce monde, comment...*

— *Tout ceci ne se serait pas produit si tu n'étais pas passée à l'ennemi,* lui répondit-il d'une voix fébrile.

Naomi tourna la tête vers les légions de cadavres, inertes dans leurs armures de samouraïs.

— *Ceci, ma fille, est le prix de ta trahison,* conclut-il dans un dernier souffle.

Les paupières du vieux guerrier se fermèrent sur des yeux sans vie, tandis que sa malheureuse progéniture le serrait fort dans ses bras en hurlant à la mort.

— *Ce n'est pas vrai ! Ce n'est pas vrai !* cria-t-elle pleine de désespoir. *J'ai combattu jusqu'à la capitulation, j'ai servi le shogun jusqu'au bout ! Que devais-je faire de plus ?...*

La pauvre jeune femme se plongea dans un immense chagrin, seule dans les profondeurs de la terre, et cernée par la mort. Un son strident, tel le bruit d'un train freinant sur un rail de chemin de fer, vint engourdir ses oreilles. De sombres pensées s'emparèrent alors de son esprit, tandis que ses yeux larmoyants se tournaient vers son revolver. Une étrange voix lui murmura au creux de l'oreille qu'elle détenait le remède à ses douleurs dans sa main, et qu'il serait facile, très facile de se libérer d'une telle tristesse. L'espionne se sentit alors transportée par une force étrangère, et doucement, porta l'arme à sa tempe. Elle éprouva un agréable sentiment de légèreté, tandis que son doigt délicat pressait la détente. Elle s'apprêtait à en finir avec ce calvaire, lorsque quelque chose vint percuter le canon de l'arme, déviant au dernier moment la trajectoire du projectile, qui finit sa course sur la paroi rocheuse. Des bras se saisirent soudain de la jeune femme, qui se débattait farouchement en hurlant de rage.

— *Mademoiselle Matsudaira ! C'est moi, Hirosawa !*

Naomi cessa alors de résister, et tout essoufflée, se retourna vers le moine. Son maquillage avait coulé avec les larmes qui ruisselaient sur son visage, tandis que ses yeux grands ouverts affichaient une expression d'incompréhension mêlée d'effroi.

— *Calmez-vous, mon enfant,* reprit l'homme de foi en resserrant son étreinte amicale sur son amie. *Vous avez été la victime de l'esprit sournois de Yasura. Tout ce que vous avez pu voir ou entendre n'était que pure illusion...*

L'espionne jeta un regard vers le sol, qui était jonché de corps quelques secondes auparavant.

— *Tout semblait si réel,* opposa-t-elle en essuyant ses larmes à l'aide de sa manche.

— *Je sais,* répondit Hirosawa en l'aidant à se relever.

L'esprit du moine déchu se sert de nos souvenirs en les modifiant à sa guise, afin d'exploiter nos points faibles. Quoi que vous ayez pu voir dans ces cavernes n'a aucun lien avec le réel, souvenez-vous-en…

Naomi acquiesça d'un signe de tête, toujours passablement troublée par ce qu'elle venait de vivre.

— *Bien, si vous vous sentez prête, je suggère que nous partions sans délai à la recherche de nos deux amis français.*

— *Par les dieux ! Que va-t-il advenir de Martin si ce dernier a été séparé de Septime ?!* s'inquiéta l'espionne en pressant le pas.

— *Nous le saurons bien assez tôt,* répondit le moine. *Il ne reste qu'un réseau de tunnels à explorer, et je prie pour que l'un d'entre eux nous conduise au lieutenant-colonel…*

*

Septime avançait difficilement dans l'obscurité oppressante, s'appuyant sur la paroi rocheuse à l'aide de sa main gauche. En tant qu'explorateur aguerri, le détective disposait toujours de quelques chandelles et paquets d'allumettes dans sa sacoche, et ces précautions lui servaient aujourd'hui plus que jamais. Muni de sa petite chandelle, l'aventurier s'était mis en quête de ses compagnons d'infortune, en espérant de tout son cœur qu'ils aient survécu à cette terrible chute. Les minutes passaient telles des heures dans le noir et le silence, mais Septime, résolu à vaincre l'esprit du moine déchu, ne perdait pas espoir.

C'est au détour d'un tas de gravats, à travers un interstice entre deux pierres qui s'étaient écroulées des cavités supérieures, que le détective entraperçut un faisceau de lumière. S'efforçant de se frayer un chemin entre les éboulis, l'homme parvint à se rapprocher de ce qui ressemblait à une flammèche provenant d'une lampe posée à même le sol. La lumière qui en émanait projetait l'ombre d'une silhouette humaine sur la roche. Septime savait pertinemment qu'il pouvait s'agir d'une énième tromperie fomentée par l'esprit dément de la momie, aussi s'avança-t-il avec prudence, en prenant soin d'analyser son environnement dans les moindres détails. Un individu se tenait au milieu de la glaciale antichambre à genoux, tout prêt d'une lampe à pétrole, dont le verre était en partie brisé. Il était immobile, les épaules relâchées, et ses yeux sans pupilles étaient grand ouverts. Ses lèvres sèches bougeaient à peine, tandis qu'il prononçait en boucle des paroles incompréhensibles dans un murmure à peine audible.

— Martin ! s'écria le détective en se précipitant vers lui. Tenez bon ! Ne le laissez pas prendre le dessus…

Le lieutenant-colonel ne répondit pas, se contentant de murmurer inlassablement ses étranges psaumes d'un ton monotone. Septime constata que la sacoche de l'officier ainsi que son contenu étaient toujours en place, ce qui empêchait toujours Yasura d'ôter la vie de sa malheureuse victime. Du moins pour un temps. Le détective savait ce qu'il lui restait à faire, et cela n'était pas pour le réjouir. Il lui fallait pénétrer l'esprit de Martin, afin de l'arracher au rêve éveillé duquel il était prisonnier. Septime avait eu recours à cette technique rituelle pour la dernière fois de nombreuses années auparavant, dans un vieux château du fin fond des Ardennes, où une entité extrêmement puissante avait pris possession des lieux. Le rituel nécessitait une préparation minutieuse, ainsi qu'une ingestion conséquente d'opiacés, afin d'apaiser les sens. Hélas, le détective ne disposait que de peu de temps, et la seule substance hallucinogène en sa possession consistait en une sorte d'herbe noire, mélangée à des champignons séchés et réduits en poudre, qu'il conservait dans une petite tabatière. Il entreprit de tracer un grand cercle autour du soldat à l'aide d'une craie, ce qui s'avéra particulièrement ardu avec le sol humide. Puis il vint se placer à l'intérieur, et vida le contenu de la boîte à tabac en formant un petit tas entre ses genoux, afin d'y mettre le feu. Les herbes sèches ne tardèrent pas à s'embraser au contact de l'allumette, dégageant une fumée blanche imprégnée d'un curieux et puissant parfum.

Septime inspira longuement, laissant la fumée se répandre dans ses poumons. Les effets apparurent très rapidement, et la vue du détective se troubla. Ce dernier vint placer ses doigts sur les tempes de l'officier, et commença sa méditation. Cinq bonnes minutes passèrent sans que rien ne se produise, et Septime commençait à perdre espoir. C'est alors qu'une fatigue soudaine et incontrôlable s'empara de lui, le plongeant en quelques secondes dans un profond sommeil, qui allait l'amener loin, très loin dans les limbes des songes…

Le détective ouvrit les yeux au beau milieu d'un océan de brume. Il se tenait debout sur un sol stérile et poussiéreux. Son premier réflexe fut de chercher sa boîte d'allumettes, mais il constata avec surprise que sa lampe, déjà allumée, était suspendue au mousqueton de sa ceinture. Il ne savait pas par où aller, aussi entreprit-il d'avancer droit devant lui. Ses pas étaient réguliers et mesurés, tandis que son cœur battait au ralenti. Par deux fois il cria le nom de l'officier, mais il ne reçut aucune réponse en retour. Après de longues minutes passées à marcher à l'aveugle, il identifia enfin une faible lueur surgissant du brouillard. Les contours d'une ombre immense se dévoilaient près de la source de lumière, à mesure que le détective s'en approchait. Ce dernier put également distinguer de longues extensions semblables à des branches, et il en conclut que la chose était un arbre. Son intuition ne l'avait pas trompé, alors qu'il se retrouvait face à un immense chêne dénudé, dont les racines noueuses sortaient de terre, s'entremêlant dans des enchevêtrements complexes. Martin se tenait aux pieds de celui-ci, immobile, sa lampe à la main. Il avait remarqué la présence du détective qui s'avançait à sa rencontre, mais ne semblait pas y accorder d'attention particulière.

— Martin, je suis venu vous chercher, annonça calmement Septime, en posa sa main sur l'épaule de l'officier. Rien ne devrait vous retenir ici. Revenez à nous, car telle est votre place…

Le lieutenant-colonel resta silencieux un moment, se contentant de fixer l'arbre avec des yeux emplis de terreur.

— Tout ceci est-il un avant-goût de ce qui nous attend après la mort ? finit-il par demander d'une voix lasse, sans attendre de réponse. Ce néant, cette absence de chaleur… Est-ce vraiment ce à quoi nous sommes destinés ?

Martin se retourna enfin vers Septime, l'air résolu, et profondément abattu.

— Aussi glaciales et sombres que puissent être ces ténèbres, j'ai l'impression d'y avoir erré depuis toujours, et elles me semblent aujourd'hui si familières, reprit-il.

Le détective ne l'interrompait pas, se contentant d'observer l'étrange chêne planté là, au milieu des brumes.

— Peu importe où je me rends, peu importe le temps passé à parcourir cet océan de vide, je finis toujours par revenir vers lui, continua Martin en montrant du doigt l'arbre sordide.

Regardez-le Septime. N'est-il pas majestueux ? Si imposant, si solitaire. Il me fascine… Autant qu'il me terrifie.

Septime fronça les sourcils, tandis qu'il crut apercevoir du mouvement derrière l'arbre.

— Je me sens faible, Septime. Si las de lutter. J'étouffe, sous un poids qui m'oppresse, et qui m'asphyxie. Si je pouvais au moins m'extraire de ce fardeau, ne serait-ce qu'une seule fois, juste pour reprendre un peu d'air…

L'officier agrippa des deux mains la bandoulière de sa sacoche, et commença doucement à la passer par-dessus sa tête. Septime s'en rendit compte à temps, et lui saisit le bras.

— Martin, non ! Reprenez-vous ! Ne cédez pas face à…

Le lieutenant-colonel se mit alors à hurler tel un possédé, et repoussa le détective avec rage. Ce dernier tenta de le maîtriser en l'amenant au sol, mais le vieux soldat, fort de nombreuses années d'expérience martiale, finit par prendre le dessus, et se retrouva sur Septime en lui agrippant le cou. Ses puissantes mains exerçaient une incroyable pression, tandis que le malheureux détective tentait tant bien que mal de s'extraire de l'étreinte. Martin était plongé dans un état de démence, et ses yeux gorgés de sang n'affichaient que haine et colère.

— Résistez à son emprise, Martin ! Vous pouvez le faire ! implora Septime avec peine.

La strangulation ne faiblissait pas, tandis que l'officier, toujours pris d'une folie soudaine et incontrôlable, se mit à trembler tel un épileptique.

— Pensez à votre sœur qui vous attend en France ! Pensez à la garrigue et aux doux parfums du Midi ! Pensez à Nao, votre amie, qui a risqué sa vie pour vous ! Pensez à Hirosawa, qui a tout perdu en venant en aide à vos frères d'armes ! Leurs sacrifices auront-ils été vains ?! s'époumona le détective.

Un éclair de lucidité frappa soudain le soldat, dont l'esprit embrumé fut pénétré par une multitude de souvenirs. Il vit les enfants de sa tendre sœur gambader autour d'elle, tandis qu'elle tricotait un vêtement de laine. Il fut ensuite transporté dans des champs de lavande s'étendant à perte de vue. Il entendit les cloches d'une église de campagne sonner en une symphonie transcendante, tandis que le parfum des oliviers venait lui caresser les sens. Il se vit dans son bel uniforme d'apparat, entouré de ses hommes et des vaillants samouraïs. Naomi était parmi eux, elle lui souriait tel un ange.

Martin relâcha son étreinte. Il était confus, et en proie à un profond mal de tête.

— Septime, je... Pardonnez-moi, je ne sais par quelle folie...

— Il n'y a rien à pardonner, répliqua le détective en essayant de reprendre son souffle. Son cou était légèrement contusionné, et plusieurs petits vaisseaux sanguins avaient éclaté dans le blanc de ses yeux.

Un cri effroyable et strident se fit soudain entendre de l'autre côté de l'arbre. Les deux hommes se redressèrent et se tinrent prêts. Un long bras maigre et tordu, prolongé d'une main aux longues phalanges crochues apparut alors de derrière le chêne. L'hideuse créature à qui il appartenait se dévoila, s'avançant vers Martin d'une démarche glauque et saccadée. Semblable à une momie difforme aux membres disproportionnés, la chose devait bien mesurer trois mètres de haut. L'officier fut pris de panique à la vue de ce spectacle cauchemardesque, et dégaina par réflexe son arme, pour tirer trois coups de feu. Les projectiles pénétrèrent la chair putréfiée de la momie sans lui causer le moindre dégât.

— Les armes n'ont aucun effet sur lui ! le mit en garde Septime. Il se sert de vos peurs, se nourrit de votre angoisse !

Allez à sa rencontre, montrez-lui que vous seul êtes aux commandes de votre esprit et de votre âme !

Le lieutenant-colonel ferma les yeux en serrant les poings, et la peur qui quelques secondes avant le consumait de l'intérieur, fit place à la colère. Yasura était à présent très proche, ses bras cadavériques tendus vers sa victime. Martin le regarda droit dans ses yeux vitreux, et le désigna du doigt.

— Arrière, monstre ! hurla-t-il en direction de la momie.

La créature s'arrêta soudain, figée sur place.

— Tout ce temps passé sous ton emprise démoniaque, toutes ces années gâchées par ta faute… Ce calvaire s'arrête ici et maintenant !

La momie fut prise d'affreux spasmes, tandis qu'un effroyable hurlement sortait de sa bouche déformée. Les muscles de l'officier furent saisis de crampes insoutenables, tandis que ses genoux commençaient à fléchir. Il hurla à son tour de douleur, assailli par de puissants maux de tête. Il sentit soudain une chaleur insoutenable au niveau de la poitrine, et de la fumée jaillit de sa sacoche.

— Tenez bon mon vieux, vous y êtes presque ! l'encouragea Septime en le soutenant à l'aide de ses bras.

Épaulé par son camarade, Martin redoubla d'efforts pour ne pas perdre connaissance, tant la douleur, physique autant que psychique, était intense.

— Retourne dans l'ombre, créature du mal ! hurla-t-il. Tu ne m'auras pas ! Jamais je ne te céderai !

Le cuir de la sacoche qui contenait les artefacts s'embrasa, tandis que Yasura s'effondra au sol, en hurlant à la mort.

— À vous de jouer, Martin ! Mettez fin à cette malédiction une bonne fois pour toutes ! lui ordonna Septime en lui glissant le collier de jade dans la main.

L'officier s'avança avec peine vers la momie, qui presque réduite à l'impuissance, arrivait à peine à tendre ses griffes vers sa victime, devenue bourreau.

— Disparais, à tout jamais !

Dans un ultime effort, Martin enfila le collier par-dessus la tête du spectre, avant que ses jambes ne cèdent sous son poids. Il vit une dernière fois le visage du détective, avant de sombrer dans l'inconscience…

*

Les deux hommes reprirent connaissance en même temps, l'esprit quelque peu sonné, et le corps meurtri. La lampe brisée de l'officier éclairait l'étroite et antichambre glaciale dans laquelle ils se trouvaient. Martin se releva avec peine, encore sous le choc. Il se frotta les yeux, et sursauta en apercevant les formes d'un corps rachitique, trônant au centre d'une stèle. Septime l'aperçut aussi, et s'en approcha avec méfiance, précédé de son acolyte. La lampe de l'officier dévoila un corps desséché, maintenu en position du lotus, qui portait un collier de jade autour du cou.

— Septime, cela veut-il dire que… C'est fini ? demanda Martin avec espoir.

— J'en ai bien l'impression, confirma le détective.

Ils entendirent des bruits de pas se rapprochant d'eux avec rapidité, et les deux hommes se retournèrent en posant la main sur leurs armes.

— Septime ! Martin ! Les dieux soient loués, vous êtes vivants !

— Nao ! Vous n'avez pas idée à quel point je suis heureux de vous voir ! s'exclama le lieutenant-colonel, tandis que l'espionne se jetait dans ses bras.

Elle était accompagnée du moine, à qui Septime donna une accolade amicale.

— Nous nous faisions un sang d'encre tandis que nous explorions les galeries, et c'est alors que nous avons entendu des coups de feu retentir ! expliqua Naomi.

— Oui, c'est une longue histoire, reconnut Martin, en inspectant sa sacoche brûlée.

Il se retourna alors vers le détective, qui acquiesça d'un signe de tête.

— Il n'y a qu'une façon d'en avoir le cœur net, lui confirma-t-il.

Le lieutenant-colonel inspira longuement et lentement, se délesta de la sacoche, sous les yeux inquiets de ses camarades. Il la confia finalement à Septime, et attendit plusieurs secondes, immobile, sans que rien ne se produise. Hirosawa s'était approché de la momie afin de l'examiner en détail, tandis que Naomi osait à peine la regarder.

— Ça y est, je… Suis-je enfin libéré de la malédiction ? clama Martin avec des étoiles dans les yeux.

— Oui, mon ami, tout est fini, l'assura le détective en souriant. De par votre courage et votre détermination, vous avez brisé la volonté de Yasura, et par là même son emprise sur votre esprit. Vous êtes désormais libre…

L'officier poussa un soupir de soulagement, et ses yeux s'emplirent de larmes.

— Je ne vous remercierai jamais assez, dit-il à Septime en le serrant fort dans ses bras. Merci… Du fond du cœur.

Naomi fut gagnée à son tour par l'émotion devant ce tendre spectacle, tandis que Martin étreignait chaleureusement chacun de ses bienfaiteurs.

— Bien, je suggère que nous quittions cet endroit maudit au plus vite… Nous avons beaucoup de choses à nous raconter sur le chemin du retour, lança Septime.

Il n'eut pas besoin de se répéter, et la troupe au complet se dirigea vers la sortie de bon cœur, avec Hirosawa en tête du cortège. Le détective se retourna une dernière fois vers la momie du maître Yasura, qui dans son effroyable expression faciale, le fixait impassiblement. Il ne décelait plus aucune énergie négative dans la pièce, mais sans en comprendre la raison, il avait cet étrange sentiment que quelque chose, semblable à une infime force, demeurait tapi dans l'ombre, attendant que le destin ne la réveille à nouveau…

*

Les aventuriers avaient fini par regagner les abords du village peu avant la tombée de la nuit. Ils étaient éreintés, mais également très enthousiastes à l'idée de reprendre une vie normale. L'un après l'autre, ils avaient conté leurs aventures au sein des cavernes, et se languissaient de pouvoir retrouver un peu de calme et de sérénité.

— Je pense que j'ai encore du mal à réaliser ce qui vient de nous arriver, lança Naomi. J'ai vraiment cru que nous ne sortirions jamais de cet endroit maudit.

— Nous avons affronté un puissant adversaire aujourd'hui, déclara Septime. Mais la victoire que nous avons remportée sur nos peurs est encore plus grande.

L'espionne acquiesça en lui souriant.

— Vous semblez apaisé, Martin, dit-elle à l'officier, qui n'avait pas prononcé un mot depuis un moment. Comment vous sentez-vous ?

— Vivant, rectifia-t-il en inspirant longuement. Vivant, et heureux. J'ai également une faim de loup ! Il me tarde de m'asseoir à une table et de…

Il s'interrompit en apercevant un mouvement inhabituel dans le village. L'endroit, d'ordinaire calme et peu habité, grouillait de monde. Des familles entières chargeaient des chariots de victuailles à la hâte, tandis que des hommes en armes patrouillaient aux alentours. D'autres, vraisemblablement blessés, étaient regroupés sur le côté des maisonnettes en attente de soins.

— Bon Dieu, que s'est-il passé ici ? s'étonna Martin en freinant sa monture.

— Les hommes ne portent pas l'uniforme impérial, je pense qu'il s'agit des rebelles ! répondit Naomi en se tenant debout sur ses étrillés.

Un individu occupé à donner des ordres à la curieuse troupe les aperçut, et se précipita vers eux en courant.

— *Matsudaira san ! Matsudaira san ! Par les dieux, c'est bon de vous voir !* adressa-t-il à l'espionne.

— *Nakajima san ! En voilà une surprise !* répondit-elle en descendant de sa monture. *Que faites-vous si loin de votre village, et que signifie tout cet attroupement ?*

— *Je vois que vous avez retrouvé le lieutenant-colonel, vous m'en voyez ravi !* se réjouit-il dans un premier temps en donnant une accolade à son ami qui était lui aussi descendu de cheval pour le saluer.

— *Saito et ses hommes nous ont attaqués par surprise,* reprit-il. *Ils ont percé nos défenses nuitamment, et nous avons été contraints de fuir afin de protéger les femmes et les enfants… Ils étaient des centaines, et épaulés par de l'artillerie. Nous nous sommes vaillamment battus, mais pris de court et aussi désorganisés que nous l'étions, nous n'avons pas fait le poids...*

L'espionne prit son ami par le bras, et l'invita à s'asseoir sur une souche d'arbre non loin, afin d'en apprendre davantage. Elle revint vers ses amis français au bout d'un long moment, pour leur faire part de la situation.

— Les choses vont mal, annonça-t-elle d'un ton grave. Saito a levé une armée pour mettre définitivement fin à la rébellion, et a frappé de façon décisive en attaquant leur village dans les montagnes. Les rebelles ont été surpris en pleine nuit, et ont dû se replier jusqu'ici. Ils ont perdu beaucoup d'hommes, dont la plupart des vétérans, qui ont couvert la retraite...

— Où Saito se trouve-t-il en ce moment ? demanda Martin avec colère.

— D'après Nakajima, lui et ses hommes seront là au petit matin, déplora l'espionne. L'armée est retardée par le poids de leur artillerie mobile, et c'est à ça que les rebelles doivent leur salut...

L'officier resta un moment silencieux, et observa les hommes qui semblaient exténués.

— Les pauvres ne pourront tenir la cadence encore longtemps, déplora-t-il. Ils se retrouveront coincés dans les montagnes tôt ou tard, et l'artillerie impériale les taillera en pièces... Néanmoins ils ne peuvent rester ici, et mettre la vie des locaux en danger !

— Les habitants de la vallée ont fui vers le nord, répondit Naomi. Ils ont eu vent de la mort d'Ono, qui n'était autre que le vassal de Saito, et ont eu peur des représailles. Les quelques retardataires que vous pouvez apercevoir sont les derniers villageois à fuir le village...

Martin se mura de nouveau dans le silence, tandis que

Naomi croisa le regard du détective, qui avait préféré se tenir en retrait.

— C'est par ma faute qu'Ono est mort, avoua l'officier en serrant les poings. Par ma faute que ces pauvres familles sont contraintes à l'exil… Je ne puis me résigner à rester là sans rien faire.

— Martin, aussi navrante que puisse être la situation de ces pauvres gens, je vous prie de ne pas perdre de vue notre objectif principal, intervint Septime. Notre mission consiste à vous ramener à Yokohama, et…

— Septime, ma dette envers vous est éternelle, mais comprenez que mon honneur m'interdise d'abandonner ces gens à leur triste sort, le coupa Martin. Bon nombre de ses guerriers ont combattu à mes côtés durant la résistance, et il est de mon devoir de les accompagner une dernière fois. Ce combat n'est pas le vôtre Septime, vous avez plus que joué votre part dans cette aventure. Il est temps que je joue la mienne…

Le détective soupira, et se tourna vers Naomi, qui lui prit la main en le regardant dans les yeux.

— Je reste aussi, déclara-t-elle. En mémoire de mon père, et en ce qu'il croyait juste. Ma place est parmi mes frères d'armes. Elle l'a toujours été…

— Bien, qu'il en soit ainsi, conclut Septime. Je reste également.

L'espionne et l'officier échangèrent un regard surpris.

— Septime, vous n'avez pas à prendre part à ça, lui opposa Martin. J'apprécie grandement votre courage, mais vous n'êtes pas militaire et…

— Je ne puis me permettre de retourner seul devant le colonel, le coupa-t-il. Par ailleurs, mes qualités de tireur pourraient vous être utiles, Nao ici présente en attestera.

Il adressa à l'espionne un sourire. Le lieutenant-colonel agrippa les épaules du détective, et le regarda avec considération.

— Merci, Septime. Vous ne savez pas ce que cela représente pour moi.

— Hirosawa est également de la partie, annonça Naomi. Il s'est porté volontaire pour aider les blessés. En souvenir de ses frères massacrés par Saito…

— Le sacré bonhomme, commenta Martin. Il en faudrait plus des types comme lui !

— Il semblerait que la bande soit de nouveau au complet pour une nouvelle aventure, lança Septime avec enthousiasme. Préparons-nous, et profitons de la soirée pour nous reposer, car demain va être une longue journée…

CHAPITRE 10

Le village fantôme

Le lieutenant-colonel et ses compagnons s'étaient réunis avec les chefs des rebelles dans une maison située en haut d'une colline, qui surplombait le petit village de Hijori. La bâtisse, à l'instar des autres habitations, avait été désertée par ses propriétaires, et servait de quartier général temporaire aux résistants. Martin examinait avec minutie une carte grossièrement dessinée de la zone, qui était étalée sur une table basse. Naomi quant à elle s'était placée entre Nakajima et l'officier, afin de faciliter la traduction.

— Bien, nous n'avons que peu de temps pour mettre en place notre stratégie, déclara-t-il. Compte tenu de notre petit nombre, et du niveau de notre armement, il va sans dire que l'idée d'une bataille rangée est à proscrire... D'après les estimations de nos amis rebelles, l'ennemi dispose de plusieurs centaines d'hommes, et peut-être ce chiffre dépasse-t-il le millier. De notre côté, nous pouvons compter sur les cent soixante combattants de Nakajima, sans omettre la vingtaine de villageois qui sont venus nous prêter main-forte.

Cela ramène nos forces à un peu moins de deux cents individus, dont une partie non négligeable n'a jamais posé le pied sur un véritable champ de bataille…

Le lieutenant-colonel lança un coup d'œil à Septime, qui ne fit aucun commentaire.

— Nous avons néanmoins l'avantage d'avoir déjà affronté Saito par le passé, et nous savons comment ce dernier opère, reprit-il. Ses forces seront scindées en trois parties : un bataillon de tête, le gros de l'infanterie au centre, et son artillerie. S'il dispose de cavalerie, ce ne sera guère plus qu'un petit contingent, compte tenu du relief inapproprié. Sa stratégie habituelle consiste à envoyer le bataillon de tête engager son adversaire. Ce dernier n'a cependant pas la vocation d'attaquer, mais de tenir une position, et d'accaparer l'attention du gros des forces adverses, tandis qu'elles se font encercler par les réserves d'infanterie de Saito.

— Vous semblez connaître les tactiques du capitaine dans ses moindres détails, intervint le détective. Comme si vous lisiez dans ses pensées.

— Nous avons hélas expérimenté sa stratégie à deux reprises durant la guerre, et nous en avons à chaque fois payé le prix fort, précisa Martin, toujours concentré sur la carte.

Nakajima s'adressa à l'espionne, qui se tourna vers ses amis français.

— Nos réserves de munitions sont limitées, et nous ne pourrons nous permettre de rester éternellement sur la défensive, traduisit Naomi. Nakajima suggère que nous trouvions un moyen d'exploiter les compétences de ses guerriers au corps-à-corps, sans quoi nous serons rapidement submergés.

L'officier observa un moment de silence, parcourant les contours du village dessiné sur la carte à l'aide de son doigt.

— Nous allons leur tendre un piège, finit-il par annoncer. L'ennemi s'attend à ce que nous nous replions vers les hautes montagnes, et ne nous attendra pas dans un village isolé en contrebas d'une vallée. Nous allons exploiter les habitations vides, et nous y dissimuler jusqu'à ce que le bataillon de tête se présente.

Le chef des rebelles hocha la tête, afin de signifier que ce plan lui plaisait.

— Nous allons leur faire croire qu'ils traversent un village abandonné, reprit Martin. Pris en embuscade dans une étroite ruelle, leur puissance de feu sera fortement réduite, et nous les taillerons en pièces.

— Admettons que nous venions à bout du groupe de tête, intervint Septime. Que fait-on du gros de l'armée, ainsi que de l'artillerie ?

— Saito va très vite s'apercevoir que nous tenons le village, et ne se risquera pas à y envoyer davantage d'hommes, répondit l'officier. Il se contentera de positionner son artillerie de campagne pour nous pilonner. C'est pourquoi nous devrons nous replier le plus rapidement possible vers les hauteurs qui bordent la rivière à l'est, où un deuxième groupe nous y attendra et nous couvrira en cas de poursuite.

Martin déplaçait quelques pièces de monnaie et d'autres petits objets sur la carte afin de représenter les groupes de combattants en question.

— Que se passera-t-il ensuite ? demanda Septime.

— Nous devrons tenir la position le temps que le gros des troupes soit sur nous, et que l'artillerie se retrouve isolée de l'infanterie. À ce moment-là, une troupe montée sur la vingtaine de chevaux dont nous disposons, et menée par Nao, surgira du bois dans lequel elle était embusquée, et s'emparera de leurs canons. Privés de leur appui, les soldats de Saito seront contraints de monter à l'assaut, et se heurteront à nos barricades, ainsi qu'à quelques pièges confectionnés par mes soins, le tout sur un terrain difficile et exigu, où leur nombre ne leur apportera que peu d'avantages.

Le détective croisa le regard de l'espionne, qui baissa les yeux en guise de réponse.

— Pour que ce plan fonctionne, continua Martin, nous devrons attirer l'essentiel des forces adverses sur nos positions, afin de faciliter la tâche au groupe mené par l'agent Matsudaira, qui ne devrait rencontrer que peu de résistance. Si par malheur l'artillerie était trop bien gardée, Nao et ses hommes devront avorter leur attaque, et se replier sur nos positions, depuis laquelle nous organiserons une retraite vers l'est.

L'officier et le détective restèrent un moment silencieux, tandis que les rebelles s'entretenaient dans leur langue.

— Nakajima et ses hommes sont d'accord avec votre plan, déclara l'espionne. Ils brûlent d'impatience de se venger de leurs frères tombés au combat, et ils vous suivront jusqu'aux portes de l'Enfer s'il le faut…

— Je n'en attendais pas moins d'eux, ajouta Martin en s'inclinant devant Nakajima, qui lui rendit la politesse.

L'officier posa alors son poing sur la table, comme pour conclure cette réunion, et ainsi sceller leur destin.

— Bien, rassasions-nous et allons nous reposer, suggéra-t-il. Demain sera à marquer d'une pierre blanche comme le jour où nous aurons vengé le shogun et ses hommes, mais aussi nos camarades, ainsi que toutes les âmes des victimes de ce tyran qui aujourd'hui errent telles des ombres, en attendant sa chute…

*

Septime venait tout juste de finir la rédaction de ses notes, qu'il avait pris l'habitude de consigner dans un journal à la résolution de chacune de ses enquêtes. Il était assis en tailleur au bord d'une petite table basse, sur laquelle était posé son revolver, enveloppé dans un chiffon enduit de graisse. La trentaine de cartouches qui lui restaient était alignée en rang près de l'arme, tel un régiment de soldats de plomb. Le détective avait affronté par le passé quantité de puissants adversaires, mais sans commune mesure avec l'entité qu'il venait de vaincre en ce jour, elle dont l'aura ne connaissait aucune frontière physique comme psychique, et qui pouvait influencer la nature et les éléments à sa guise. Durant sa carrière, le Français avait également connu bon nombre d'escarmouches, fusillades et autres effusions de sang, mais il n'avait jamais pris activement part à une bataille d'une telle ampleur. Il se mit à penser à son frère et à son père, qui devaient peut-être le regarder de là-haut. Son géniteur aurait sûrement été fier de lui, lui qui souhaitait qu'il devienne militaire.

On frappa à la porte de la petite chaumière. Le détective vint ouvrir, et découvrit l'espionne, qui le gratifia d'un sourire.

— Nao, ne restez pas dehors par ce froid de loup ! Entrez, je vous en prie.

Elle ne se fit pas prier, et se dirigea vers l'âtre, afin de se réchauffer les mains au coin du feu.

— Ne devriez-vous pas vous reposer en vue de la bataille à venir ? lança le détective, en lui tendant une couverture, qu'elle accepta poliment.

— Cette journée fut si intense, si riche en émotions, qu'il m'est impossible de faire le vide dans ma tête, avoua-t-elle.

Septime l'invita à s'asseoir à ses côtés à la table.

— Je comprends tout à fait, approuva-t-il avec un sourire bienveillant. C'est une épreuve des plus difficiles à laquelle vous avez été confrontée dans le temple, et vous pouvez être fière d'en avoir triomphé.

— Je ne dois cette victoire qu'à Hirosawa, rectifia-t-elle en baissant les yeux. Sans lui je serais bel et bien morte à l'heure qu'il est…

Le détective ne sut que répondre, se contentant de poser amicalement sa main sur l'épaule de la jeune femme. Tous deux restèrent silencieux un court instant.

— Pensez-vous vraiment qu'il ne s'agissait que d'une illusion ? interrogea-t-elle. Je veux dire… Peut-être était-ce véritablement l'âme de mon père ?

Elle se tourna vers Septime avec des yeux brillants qui reflétaient toute la détresse et toutes les interrogations qui la tourmentaient.

— Les mauvais esprits s'emparent de nos doutes, percent à jour nos culpabilités, et s'en servent alors pour nous détruire de l'intérieur, répondit-il. Vous avez de toute évidence des remords, qui ne sont à mon avis guère fondés. Vous avez tenu tête aux armées de l'empereur jusqu'à la toute fin, et ainsi honoré votre famille. Je ne doute pas un seul instant que votre père eut été fier de vous…

Les paroles du détective réchauffèrent le cœur de Naomi, qui était au bord des larmes.

— Vous êtes un homme bon et attentionné Septime, lui dit-elle en lui touchant la main. Je vous remercie pour vos tendres mots.

Le détective se contenta de sourire amicalement.

— Où avez-vous appris tout ceci ? demanda Naomi. Les

artefacts, les mixtures et autres rituels… Comment vous est donc venue cette connaissance des sciences occultes ?

— Lorsque j'étais jeune écolier, mes parents m'ont placé en internat dans les Ardennes, lui apprit Septime. L'intendante de l'établissement s'avérait être rebouteuse, et disposait de capacités lui permettant d'appréhender le monde de l'au-delà. Cette dernière s'est très vite aperçue de ma particularité, et m'a pris sous son aile. Pendant des années, cette femme qui était devenue comme une seconde mère pour moi m'a enseigné son savoir, qui était un condensé de connaissances issues des traditions celtes, slaves, mais aussi tziganes. J'ai découvert lors de mes nombreux voyages que ces rituels occultes étaient en vérité très similaires d'un pays à l'autre, et il est impossible d'en déterminer l'origine exacte…

— C'est fascinant ! s'exclama l'espionne. À croire que l'homme a su percer les secrets du surnaturel depuis l'aube des temps.

— Effectivement, cela est fort probable, conclut le Français.

Ils restèrent tous deux silencieux, profitant du calme ambiant.

— Septime je voulais vous demander… Concernant mon père… Pensez-vous qu'il serait possible de…

Elle ne sut trouver les mots pour finir sa phrase mais cela n'avait pas d'importance, car le détective n'avait que trop bien compris.

— Les morts le sont pour une raison Nao, dit-il. Il n'est ni naturel ni aisé de communiquer avec les défunts, et les entités telles que Yasura sont des anomalies coincées entre deux mondes, qui ne devraient pas être là…

— Je comprends, admit l'espionne en baissant les yeux.

Septime vit que sa réponse n'était pas celle que son amie attendait, et la voir telle une âme en peine lui brisait le cœur.

— Cependant il existe des moyens d'y parvenir, ajouta-t-il finalement. La tâche n'est pas aisée et le résultat est incertain, mais je pourrai vous guider sur cette voie si tel est votre souhait. Il me faut néanmoins vous mettre en garde sur les dangers de cette pratique. L'exploration des mondes occultes est un voyage sans retour où tous vos repères seront remis en question, toutes vos certitudes seront mises à l'épreuve. Votre esprit pourrait ne pas y être préparé, et vous pourriez sombrer dans la démence, ou pire encore…

— Je pense que cette aventure s'est déjà chargée de briser mes certitudes, riposta Naomi en regardant le détective droit dans les yeux. Si nous survivons à la bataille de demain, et lorsque vous jugerez le moment opportun, je serai prête.

— Nous y survivrons Nao, dit-il, hélas sans réelle conviction. Pour l'heure il conviendrait d'aller vous reposer. Nous devons être en forme pour ce qui nous attend demain…

Ils se séparèrent en se gratifiant d'un dernier regard, comme s'ils avaient peur de ne jamais se revoir. Ils furent les derniers à s'endormir dans la paisible et silencieuse vallée, qui offrait un dernier instant de quiétude avant la tempête…

*

Les toits des maisons étaient encore recouverts d'une fine couche de givre en cette matinée particulièrement fraîche. Bien qu'en apparence abandonnée, les bâtisses abritaient chacune un ou deux binômes de rebelles, qui étaient tantôt dissimulés derrière les portes coulissantes en bois, tantôt derrière des piles de linge ou de mobilier en tout genre. Le détective et le lieutenant-colonel étaient quant à eux tapis derrière un épais tas de bois à l'entrée du village, non loin du pont qui enjambait la petite rivière.

— Comment s'est passée votre nuit, Martin ? demanda Septime à voix basse, afin de briser le pesant silence. Pas de cauchemar ?

— Absolument rien, répondit l'officier avec joie. J'appréhendais le moment où je devais aller me coucher, bien que harassé, mais il ne s'est rien passé. Vous ne pouvez pas vous imaginer quel soulagement, quelle délivrance cela a été…

— Je suis heureux de l'entendre, mon ami.

Septime jeta un rapide coup d'œil autour de lui, afin de s'assurer que rien ne trahissait la présence des hommes postés en embuscade. Derrière eux, au loin sur la colline, on pouvait apercevoir les barricades de fortune installées tout autour du bastion défensif. Ce dernier se voulait le plus visible possible, afin d'attirer à lui les troupes de Saito, et ainsi les conduire tout droit dans le piège fomenté par les défenseurs.

— Tout a l'air si calme, lança-t-il. Êtes-vous sûr qu'ils vont venir ? Peut-être sont-ils en train de nous contourner en ce moment même ?

— Les sentinelles ont intercepté et neutralisé une poignée d'éclaireurs la nuit passée. Saito sait à coup sûr que les rebelles ont pris possession de la vallée, et il veut frapper fort, avant que d'autres poches de rébellion n'apparaissent dans la région.

— Il ne reste plus qu'à espérer qu'ils mordent à l'hameçon, conclut Septime en inspectant de nouveau le mécanisme de tir du fusil qu'il avait emprunté aux rebelles.

Les deux hommes furent soudain attirés par un groupe d'oiseaux s'envolant au-dessus des arbres, et qui semblait fuir quelque chose venu de la forêt.

— Tout vient à point nommé à qui sait attendre, affirma Martin en caressant la crosse de son arme. Notre heure de gloire est proche, monsieur Klein…

À peine avait-il fini sa phrase que les premiers fantassins surgirent des arbres situés sur l'autre rive. Ils étaient vêtus de sombres uniformes qui contrastaient avec leurs guêtres blanches couvrant le bas de leurs jambes, tandis que leurs casquettes arboraient un liseré rouge. La troupe s'engagea avec prudence sur le petit pont de bois, ne quittant pas des yeux les hauteurs où se trouvait le bastion. Septime et Martin respiraient à peine, restant immobiles comme des statues de pierre. Ils devaient attendre que la majorité de la troupe ait franchi le pont, et se retrouve coincée au centre de la grande allée, flanquée des maisons où se cachaient les rebelles. Surpris de ne rencontrer aucune résistance, les soldats restaient néanmoins sur leur garde, scrutant les bâtiments vides avec méfiance, aussi le lieutenant-colonel commençait à s'inquiéter qu'ils ne découvrent le subterfuge.

Leur officier fut attiré par un léger bruit provenant de l'une des maisons, et qui ressemblait au son que produit la collision de deux objets métalliques. Pensant tout d'abord qu'il s'agissait d'un animal, le soldat voulut en avoir le cœur net, et s'engagea sur le pas de la porte avec un de ses subalternes. Tous deux pénétrèrent à l'intérieur de l'édifice, et en inspectèrent rapidement les recoins. L'un des deux hommes aperçut l'espace d'un instant son reflet dans ce qu'il crut être un miroir brisé. Il ne découvrit que trop tard qu'il s'agissait en vérité d'une lame acérée, qui vint soudainement lui trancher la gorge. Un son guttural abject sortit de sa bouche en sang, tandis que le deuxième homme subit immédiatement le même sort.

— Maintenant ! hurla Martin, qui attira vers lui les regards tétanisés des soldats placés en queue de peloton.

Une pluie de plomb s'abattit de part et d'autre de la ruelle sur la malheureuse troupe, qui se retrouvait à la merci des tirs croisés. Les soldats qui n'étaient pas tombés durant la première salve furent pris de panique, et ripostèrent en tirant à l'aveugle dans les maisons. Privés de leur chef, les hommes entamaient un repli chaotique vers le pont, abandonnant des dizaines de leurs camarades au sol.

Septime avait troqué son fusil dont le verrou s'était bloqué au troisième rechargement, pour son bon vieux revolver bien plus efficace à de telles distances. Lui et le lieutenant-colonel subissaient un feu nourri sur leur position, tandis que quelques téméraires tentaient de les flanquer par la gauche, entre le tas de bois et la façade d'un vieux hangar.

— Nous devons les empêcher de se replier sur l'autre rive ! s'époumona l'officier pour se faire entendre dans cet enfer. S'ils parviennent à sécuriser une position défensive en attendant les renforts, leur contre-attaque pourrait être dévastatrice.

Septime se retourna de justesse, et fit face à deux fantassins qui le chargeaient à la baïonnette. Il fit feu sur ses assaillants, et l'un d'eux s'effondra après avoir été touché à deux reprises au niveau de la poitrine. L'autre en revanche parvint à avancer, pour se retrouver à moins de deux mètres du détective. Ce dernier évita de justesse la pointe de l'arme, qui filait tout droit vers son abdomen, en la déviant à l'aide de son avant-bras. La lame tailla la manche de son veston, et s'enfonça dans la chair, tandis que l'homme perdait l'équilibre. Martin se porta à son secours en explosant la boîte crânienne du soldat avec la crosse de son fusil, puis dégaina lui aussi son revolver.

Des cris sauvages retentirent dans les habitations, et

une marée d'hommes en jaillit, brandissant leurs sabres en fondant sur le reste de la troupe, qui s'était repliée vers le pont. Une poignée de rebelles tombèrent sous le feu des soldats impériaux, avant que leurs lames ne les taillent en pièces.

Septime, qui s'était relevé avec l'aide du lieutenant-colonel, assistait abasourdi à cette boucherie. Il ne resta bientôt qu'une dizaine d'impériaux, qui détalèrent à toutes jambes vers l'autre rive, poursuivis par leurs adversaires enragés.

— Martin, attendez ! s'écria Septime en retenant l'officier qui s'élançait à son tour à la poursuite des soldats. Regardez là-haut, sur la crête !

Le lieutenant-colonel fronça les sourcils, et distingua très nettement du mouvement sur les hauteurs.

— L'artillerie ! Ils s'apprêtent à pilonner le village ! s'inquiéta-t-il. Arrière ! Arrière tous !

Les rebelles stoppèrent leur poursuite, et se replièrent à toutes jambes vers la place forte, tandis que les premiers coups de canon retentirent dans la vallée. Une pluie d'obus s'abattit sur le village, dont les habitations furent pulvérisées sous l'impact. Sept braves avaient trouvé la mort durant l'embuscade, mais il n'y eut heureusement aucune autre victime à déplorer du fait des tirs d'artillerie.

Martin fut attiré par un mouvement sur sa droite, et aperçut un groupe de cavaliers qui venait de franchir la rivière en aval, fonçant sur la troupe, sabre au clair. Ils progressaient à une vitesse folle, et se rapprochaient dangereusement des retardataires qui fermaient la marche. Quelques malheureux à bout de souffle se retournèrent en tirant à la volée, pour se faire aussitôt sabrer par les soldats, et piétiner par leurs montures en furie.

La cavalerie poursuivit les rebelles, jusqu'à ce que ces derniers se trouvent à portée de tir des hommes qui tenaient les barricades improvisées sur les hauteurs. Une salve dévastatrice décima les rangs des hussards[1], qui furent contraints de stopper leur charge, et ainsi de battre en retraite.

Nakajima passa ses hommes en revue, et déplora la perte d'une demi-douzaine de guerriers supplémentaires. Hirosawa, qui était resté prêter main-forte aux défenseurs, se précipita vers les blessés avec des pansements et des compresses. Il voulut s'occuper en priorité de son ami détective, dont le bras continuait de saigner, mais ce dernier lui fit comprendre qu'il se portait bien, et qu'il était loin d'être une priorité. Le moine acquiesça, en lui offrant néanmoins une compresse humide, ainsi qu'une gourde d'eau fraîche.

— Nous avons survécu à la première vague sans trop de pertes, annonça Martin en observant les flammes qui dansaient sur les ruines du village. Espérons que nous serons tout aussi chanceux lors de la deuxième attaque…

— Si tant est qu'elle advienne, objecta Septime, un peu trop optimiste. Leur avant-garde a été décimée, aussi n'auront-ils peut-être pas le cran de revenir à l'assaut !

Un clairon retentit au loin en contrebas, de l'autre côté de la rivière, suivi de plusieurs autres. Les fumées qui montaient des charpentes réduites en cendres se dissipaient lentement, dévoilant des légions de baïonnettes scintillantes dressées en rang vers le ciel. Les régiments s'amassaient sur la rive, prêts à traverser le pont, et marcher sur les rebelles.

— Il semblerait une fois encore que vous vous soyez réjoui trop vite, mon ami, gloussa nerveusement l'officier. À présent, tout repose sur Nao et ses hommes. S'ils échouent à neutraliser l'artillerie, ce ne sera plus un bastion que les soldats de Saito prendront d'assaut, mais un véritable charnier…

1. Soldats de la cavalerie légère.

*

Le capitaine se tenait droit sur sa selle, ses mains gantées crispées sur les rênes de son cheval. Il avait assisté abasourdi à la mise en déroute de son bataillon de tête, et avait ordonné le pilonnage du village par son artillerie, qui s'était lui aussi soldé par un échec. Il n'avait pas prononcé un mot depuis lors, et les sous-officiers qui lui servaient d'état-major n'avaient pas osé perturber ce silence. Un soldat se présenta devant l'officier, haletant, le visage couvert de terre. Il s'inclina bien bas, et s'empressa de faire son rapport.

— Mon capitaine, notre cavalerie a été repoussée par les défenseurs qui tiennent les hauteurs. Ils y ont installé des barricades de fortune, et ils ne semblent pas du tout disposés à se rendre !

Saito ne répondit rien, se contentant de fixer l'horizon d'un air sévère. Le soldat s'inclina de nouveau, et s'en retourna vers ses camarades qui attendaient en contrebas près du pont. Le capitaine se retourna lentement vers ses sous-officiers, en les dévisageant de ses yeux perçants.

— Maintenant, Messieurs, je vous prie de m'écouter attentivement.

Il avait appuyé chaque syllabe, ce qui ne faisait qu'accentuer la nervosité des hommes, qui étaient pendus à ses lèvres.

— Il ne sera pas dit que nous avons été vaincus ce jour par une poignée de paysans, aussi vous demanderai-je de bien imprimer ces paroles : vous allez retourner auprès de vos bataillons respectifs, et en prendre la tête. Vous allez engager toutes nos forces disponibles, et marcher sur cette satanée position. Je me moque de combien d'hommes vous y perdrez, je me moque de combien de temps cela prendra, mais au bout du compte, l'Histoire se souviendra que nous avons annihilé la résistance dans cette maudite région, une bonne fois pour toutes...

Les sous-officiers acquiescèrent en chœur, et partirent rejoindre les troupes au plus vite. Saito observa de nouveau la vallée, ainsi que ce minuscule bastion qui se dressait en travers de sa route. Il constituait le dernier obstacle à ses rêves de gloire, et s'il venait à tomber, les portes du Nord du pays s'ouvriraient enfin à lui. Il était prêt à sacrifier jusqu'au dernier de ses hommes pour asseoir son autorité sur Yamagata, quand bien même devrait-il réduire la région en cendres. Il se mit soudain à penser à l'espionne et à son compagnon de route, qui devaient sûrement rôder encore dans la région. Un cruel sourire se dessina sur son visage, tandis qu'il imaginait ce qu'il allait faire d'eux, à l'instant où ils les retrouveraient...

CHAPITRE 11

Le dernier rempart

Les rebelles avançaient lentement au milieu de la forêt sur leurs montures, qui progressaient de façon laborieuse sur le sol jonché de feuilles, de bois morts, de roches et autres obstacles. Le terrain n'était pas idéal pour la cavalerie, encore moins dans l'optique d'attaquer par surprise. Néanmoins, les canonniers n'avaient pas encore remarqué la présence des embusqués, occupés qu'ils étaient à calculer leur trajectoire de tir. Ils n'étaient accompagnés que d'une poignée de fantassins, la réserve d'infanterie ayant été mobilisée avec le gros des troupes, afin de porter un assaut décisif. Naomi fit stopper la progression du groupe d'un signe de main, et se pencha sur sa selle afin de mieux observer les pièces d'artillerie de campagne. Elles étaient au nombre de huit, et avaient été avancées de telle sorte à se trouver à portée de tir du bastion des défenseurs.

— Nous devrions attendre la première salve, afin que le vacarme des canonnades couvre notre charge, suggéra un rebelle à voix basse.

L'espionne acquiesça d'un signe de tête, tout en continuant d'observer les mouvements de l'ennemi. Elle fut attirée par une poignée de cavaliers qui se tenaient en retrait sur les hauteurs. Un homme en particulier, situé au centre du groupe et flanqué de six cavaliers, attira son attention. Naomi écarquilla les yeux à sa vue.

— *Saito… Saito est là !* s'exclama-t-elle. *Regardez-le, il est presque seul !*

— *C'est une occasion en or !* renchérit Taro, le second de Nakajima. *Fonçons sur lui sans attendre ! Nous nous occuperons des canons dans la foulée…*

L'espionne réfléchit un instant, et calma ses ardeurs.

— *Notre priorité reste la neutralisation de l'artillerie,* contesta-t-elle avec frustration. *Nakajima et Tussaud comptent sur nous, nous ne pouvons pas faillir à la mission…*

— *Scindons notre groupe en deux dans ce cas,* répliqua Taro. *Occupe-toi du capitaine et je m'occupe des canons !*

— *Non, nous ne sommes qu'une vingtaine, et la garde rapprochée de Saito n'a rien d'une bande d'amateurs… Nous allons déferler sur l'artillerie, et une fois que nous l'aurons neutralisée, nous nous en prendrons au capitaine et à ses hommes !*

Ne laissant aucune place au débat, Naomi dégaina lentement son sabre, se préparant à l'assaut. Les artilleurs venaient d'insérer les obus dans les chambres, et se préparaient à la canonnade. Le sergent en chef abaissa le bras, et les canons firent feu dans un vacarme infernal. Les rebelles en profitèrent aussitôt pour lancer leur charge, et surgirent des bois telles des bêtes enragées. Le sergent eut à peine le temps d'apercevoir la lance qui lui transperça l'abdomen, et le propulsa en arrière sous la force de l'impact. Les servants des pièces d'artillerie furent tour à tour exterminés par les cavaliers qui ne leur laissèrent aucune échappatoire. Saito, sous le choc, assista impuissant à cette attaque foudroyante, qui en un battement de cils, venait d'anéantir sa force de frappe. Gagné par une rage incontrôlable, il se saisit de son sabre, et voulut se ruer vers les rebelles, avant que sa garde personnelle ne le retienne.

— *Capitaine, n'allez pas à leur rencontre, je vous en conjure !* l'implora l'un d'eux. *À six contre vingt en terrain découvert, cela relève du suicide !*

— *Essayons de les contourner et de rejoindre l'infanterie, c'est notre seule chance !* suggéra un autre.

Dénué de peur, mais pas de raison, Saito finit par acquiescer. Une poignée de cavaliers s'élançait déjà à leur rencontre, et se heurta à deux gardes qui firent barrage, afin de couvrir la retraite de leur chef. L'un d'entre eux abattit deux rebelles à l'aide de son revolver, avant de sortir sa lame, tandis que son acolyte venait lui aussi de se débarrasser d'un adversaire en le sabrant. Les deux hommes se bâtirent vaillamment, pourfendant chacun un autre adversaire, mais surpassés en nombre, ils finirent par tomber. Leur sacrifice permit cependant au capitaine et aux quatre autres soldats d'élite de prendre la fuite vers les bois, ce qui n'échappa guère à l'espionne, qui se précipita aussitôt à leur poursuite. Elle était talonnée par les survivants de la rixe, qui n'étaient plus que douze individus.

Bien déterminés à venger leurs camarades, les rebelles s'enfoncèrent dans l'épaisse et sombre forêt, où une impitoyable traque débuta. Saito et ses hommes étaient invisibles et aucun indice n'indiquait la direction qu'ils auraient pu prendre. La progression des rebelles se faisait de plus en plus lente et laborieuse, et ces derniers commençaient à perdre espoir.

C'est alors que Taro découvrit les montures des soldats, laissées au pied d'un immense arbre, sans leurs cavaliers.

— *Regardez !* s'écria-t-il. *Ils ont vraisemblablement été forcés de démonter, et de continuer à pied.*

— *Nous devrions faire de même,* répliqua Naomi. *Il devient impossible de progresser avec les chevaux.*

La troupe posa pied à terre, et se scinda en deux groupes afin de couvrir davantage de terrain. L'espionne et six autres guerriers avançaient à pas de loup sur un sol instable, parsemé de rochers, qui étaient recouverts de mousse humide et glissante. Des chants d'oiseaux, grésillements d'insectes, et autres bruits inconnus se répercutaient dans l'immensité du bois, dont l'épaisse végétation ne laissait pénétrer que peu de lumière. L'ennemi pouvait être partout, et frapper à chaque instant, aussi la peur de tomber dans un piège commençait à gagner les rangs. Des coups de feu retentirent soudain non loin d'eux, suivis de cris de détresse. L'espionne et son groupe se précipitèrent à la rescousse de leurs amis, progressant tant bien que mal dans cet enfer végétal. Ils finirent par arriver, une fois que le combat fut terminé. Les corps de quatre rebelles gisaient au sol, inertes, tandis que Taro se tenait accroupi près d'un camarade blessé.

— *Taro ! Bon sang, que s'est-il passé ?* le questionna l'espionne en accourant vers lui.

— *Ils ont surgi de nulle part, et nous ont canardés comme du gibier,* répondit-il en appliquant un garrot sur la jambe en sang de son acolyte. *Shogo, Kosuke, Kenshin et Fumiya y sont restés, quant à Kazuhiro, il a été touché à la cuisse…*

— *J'ai eu cependant le temps d'en toucher un,* compléta ce dernier en tentant de contenir sa douleur. *Il me semble que Fumiya en a blessé un également, mais c'est difficile à dire car tout est allé si vite…*

Naomi aida les deux hommes à se relever, tandis que les autres montaient la garde.

— *Vous devriez rebrousser chemin, Kazuhiro et toi,* suggéra-t-elle à Taro. *Il est hors d'état de combattre et a besoin de soins.*

Taro hésita un moment avant d'acquiescer.

— *Tu devrais te replier avec nous également,* conseilla-t-il à son amie. *Ils viennent déjà d'ôter la vie à bon nombre de nos gars, pour seulement deux tués de leur côté, peut-être trois. Il faut se rendre à l'évidence que nous ne faisons pas le poids face à ces troupes d'élite...*

— *Si Saito parvient à s'échapper, il reviendra avec de nouvelles troupes, et n'aura de cesse de vous traquer,* objecta-t-elle. *Nous avons l'opportunité d'en finir, ici et maintenant, et je ne laisserai pas cette chance filer !*

— *Nous sommes avec toi,* répondit un de ses camarades.

Taro ne répliqua pas, mais Naomi voyait bien que l'homme était des plus sceptiques.

— *Ne t'en fais pas, nous ne prendrons pas de risques inutiles, tu as ma parole...*

Le rebelle hocha la tête, et passa le bras de son compagnon blessé par-dessus son épaule, afin de se mettre en route.

— *Bien, tu as l'air déterminée, et mes hommes sont décidés à te suivre. Sois prudente, et au moindre doute, abandonne la poursuite. Nous nous retrouverons au camp. Bonne chance...*

L'espionne regarda les deux guerriers s'éloigner dans les méandres de la forêt, avant de prendre la tête du petit groupe qui se rendait dans la direction opposée. Ils avançaient en file indienne, l'oreille tendue afin de déceler le moindre bruit suspect. La tension était à son comble, et chaque guerrier avait les mains crispées sur son arme. Naomi pour sa part tenait son revolver d'officier dans sa main droite tandis que sa main gauche ne quittait pas le manche de son sabre fixé à sa ceinture. On entendit une branche craquer non loin, derrière un bosquet, et la troupe se figea comme un seul homme. Un chevreuil déboula soudain sur le sentier, faisant sursauter le rebelle qui fermait la marche. Rassurés, les traqueurs reprirent leur route, sans pour autant baisser leur garde. L'un d'entre eux fut attiré par quelque chose en bordure du chemin.

— *Matsudaira-san ! Venez voir !* s'exclama-t-il.

Naomi se joignit à lui, et s'accroupit afin d'observer la fougère que le rebelle lui montrait. Elle était couverte de sang.

— *Tu penses que cela pourrait être du sang humain ?* lui demanda-t-elle.

— *J'en mettrais ma main à couper ! C'est la troisième tache de ce genre que j'observe depuis que nous avons emprunté ce sentier, et elles sont de plus en plus grosses… L'un d'entre eux est gravement blessé, et doit considérablement freiner leur progression.*

L'espionne inspecta à son tour le sang qu'elle toucha du bout de ses doigts.

— *Si ce que tu dis est vrai, Saito ne prendra pas la peine de s'encombrer d'un tel blessé,* conclut Naomi. *Il aura été abandonné à son sort, avec pour ultime mission de couvrir la retraite de son capitaine.*

— *En tout cas cela prouve que nous sommes sur la bonne voie. Nous devrions poursuivre vers là-bas et…*

— *Chut ! Tu as entendu ?*

Ils restèrent sans bouger, scrutant les environs. Un des rebelles s'apprêtait à briser le silence, lorsqu'un coup de feu retentit dans toute la forêt. Le projectile passa à quelques centimètres de sa joue, tandis qu'un deuxième lui effleura l'épaule gauche.

La troupe se jeta derrière une imposante racine qui sortait de terre afin de s'y mettre à couvert. Un des hommes venait d'être touché au mollet, qui déchiré sous l'impact, l'empêchait de marcher. Le pauvre tenta de se lever, mais au moment où il finit par prendre appui sur son autre jambe, une lame vint se figer dans son dos, le transperçant jusqu'au cœur. Les gardes de Saito bondirent sur les rebelles pour les travailler au corps-à-corps. Ces derniers se défendirent avec acharnement, mais ils ne faisaient pas le poids face à leurs adversaires aguerris. L'un d'entre eux parvint néanmoins à neutraliser son assaillant, qui avait été blessé au préalable par Taro et ses hommes.

L'espionne quant à elle croisait le fer avec l'un des gardes, dont les qualités de bretteur rivalisaient avec celles de la jeune femme. Aucun des deux combattants n'arrivait à prendre le dessus sur l'autre, mais c'est au moment où l'impérial perdit un court instant l'équilibre sur le sol humide que Naomi lui fendit le crâne en portant une puissante frappe à deux mains. Elle regarda alors autour d'elle, pour s'apercevoir que ses compagnons avaient tous péri, et qu'elle était à présent seule face aux deux gardes restants.

Consciente qu'elle ne pourrait gagner ce combat, elle profita de la relative distance qui les séparait encore pour prendre la fuite. S'élançant avec une extrême agilité, et évitant les obstacles du mieux qu'elle pouvait, l'espionne parvint temporairement à distancer ses poursuivants. Elle tourna la tête pour vérifier si ces derniers étaient toujours à ses trousses, et ne put voir à temps la vielle racine tordue dans laquelle son pied se prit. La jeune femme partit en avant, et dégringola dans un profond ravin, sans qu'elle ne puisse contrôler sa chute. Sa tête heurta violemment une souche d'arbre, qui l'assomma instantanément.

Naomi resta un moment au milieu des feuilles mortes, inerte, le corps meurtri et égratigné de toutes parts. Elle parvint péniblement à ouvrir les yeux, et distingua les silhouettes de trois hommes qui se tenaient autour d'elle. L'un d'entre eux se pencha vers elle, affichant un sourire des plus malsains. L'espionne reconnut alors les traits de Saito, et les battements de son cœur s'accélérèrent. Le capitaine se releva, et la dernière chose que vit Naomi fut la crosse d'une carabine qui s'abattit sur son front…

*

Les troupes impériales encerclaient à présent la position défensive des rebelles, qui était défendue avec acharnement. Surpris dans un premier temps de ne pas avoir été appuyés par l'artillerie qui n'avait effectué qu'une seule frappe, les soldats étaient montés à l'assaut au pas de course, la baïonnette au canon. Ils avaient réussi à percer la première ceinture de défense au prix de lourdes pertes, et concentraient désormais toutes leurs forces sur la dernière ligne de barricades, qui constituait le dernier rempart des insurgés. Ces derniers, menés par le samouraï Nakajima et le lieutenant-colonel Tussaud, opposaient une farouche résistance, faisant mouche à presque chacun de leurs tirs. Ils étaient abrités derrière des amoncellements de caisses en bois, de tonneaux, de chaises et autres protections de fortune. Le vieux moine Hirosawa passait d'une poche de résistance à l'autre, apportant munitions, compresses et bandages. Septime quant à lui ne lâchait pas d'une semelle le lieutenant-colonel, qui tenait le flanc le plus exposé de la barricade.

— Nous allons bientôt manquer de munitions ! s'inquiéta Martin en rechargeant son Chassepot. Concentrez vos tirs sur les chefs de sections, ou bien sur les téméraires qui tenteraient un assaut à la baïonnette ! Il faut à tout prix les dissuader de nous engager au corps-à-corps, sans quoi nous nous ferons écraser par leur nombre...

Le détective ajusta sa mire et fit feu sur un caporal, qui fut touché en pleine tête.

— Que va-t-on faire lorsque nous n'aurons plus de cartouches ? demanda-t-il. Avons-nous un plan de secours au cas où la ligne viendrait à flancher ?

— Nous n'en avons pas, c'est pourquoi nous devons tenir à tout prix !

Septime écarquilla les yeux, et ne sut que répondre.

— Leurs assauts sont de plus en plus fébriles, et leurs pertes sont colossales, ajouta le lieutenant-colonel afin de ne pas briser le moral de son compagnon. Encore un petit effort, et ils seront contraints de battre en retraite, faites-moi confiance !

Le détective opina du chef, et épaula de nouveau son fusil. Les soldats du capitaine Saito étaient regroupés par petites unités, qui essayaient tant bien que mal de se protéger derrière les vestiges des premières barricades. Tous leurs assauts avaient été repoussés avec pertes et fracas, et le front s'était enlisé dans une guerre de positions depuis près d'une heure de combats. L'arrivée d'une nouvelle arme dans les rangs des impériaux allait cependant changer la donne.

Deux mitrailleuses Gatling firent leur apparition, acheminées devant les défenses ennemies par une dizaine de servants. À leur vue, Nakajima ordonna immédiatement à ses hommes de concentrer leurs tirs sur la nouvelle menace. Ces derniers firent des carnages, mais à chaque soldat tombé sous les balles des résistants, deux hommes prenaient le relais, car les impériaux avaient conscience que leur salut dépendait du seul déploiement de ces armes destructrices. Hirosawa se dirigeait vers ses camarades français, lorsque le détective se retourna vers lui. Son instinct le mit en garde contre une menace imminente qui planait sur le vieil homme. Il croisa le regard de ce dernier, et voulut le mettre en garde en l'intimant de se baisser davantage. Le servant ajusta sa mire sous la pluie de tirs. Il activa la manivelle de la machine infernale, et la mort se déversa sur les défenseurs. Les projectiles fusèrent à une cadence folle, s'engouffrant dans les interstices des barricades. Septime hurla, mais il était trop tard. Une balle vint se loger dans le flanc du pauvre homme de foi, suivie d'une autre qui lui traversa la hanche. Hirosawa s'effondra dans les bras du détective. Ce dernier le traîna à l'arrière du front à l'aide du lieutenant-colonel, afin de le mettre à l'abri derrière des caisses de munitions vides.

— Hirosawa, tenez bon, essayez de…

Le pauvre homme tenta de prononcer quelque chose, mais il en fut empêché par le sang qui se mit à couler de sa bouche. Septime lui tenait fermement la main, tandis que Martin lui soutenait la tête. Le moine sourit à ses amis une dernière fois, avant que ses yeux ne fixent le ciel, figés à jamais.

— Reposez en paix, mon ami, dit le détective d'une voix tremblante en lui fermant les paupières.

L'officier ne disait rien, mais un profond chagrin pouvait se lire dans ses yeux abattus, lui qui avait côtoyé quotidiennement le vieil homme durant ces longues semaines passées au plus profond du sanctuaire.

— Nous pleurerons sa mort après la bataille, déclara-t-il en empoignant son fusil. Pour l'heure nous devrions rejoindre Nakajima et sa troupe, afin de préparer la retraite la plus ordonnée possible.

Le détective acquiesça sans mot dire, et jeta un dernier regard vers Hirosawa, qui semblait dormir paisiblement. C'est la première fois que Septime décelait une certaine quiétude sur le visage du vieil homme, dont les dernières années de sa vie n'avaient été que tourments.

Un peu plus loin derrière une autre palissade, Nakajima était allongé au sol, entouré de ses hommes. Les guerriers se tenaient immobiles, les yeux rivés vers les deux mitrailleuses, qui ne cessaient de cracher leur feu destructeur. La plupart d'entre eux avaient abandonné leurs fusils au profit de sabres longs et courts, ainsi que de courtes hallebardes aux lames recourbées. Martin qui les avait vus également comprit leurs intentions, et soupira.

— Que font-ils ? demanda Septime.

— Ils s'apprêtent à contre-attaquer, répondit Martin. Dès que les servants des Gatling rechargeront leurs armes, nos gars vont se jeter sur eux et tenter de les travailler au corps-à-corps.

Les rebelles poussèrent en chœur un cri de guerre comme le détective n'en avait jamais entendu. Profitant du silence momentané des mitrailleuses, les guerriers, menés par leur chef Nakajima, s'élancèrent sur les assaillants à la vitesse de la foudre. Ces derniers, pris de court par la contre-attaque, stoppèrent leur avancée sur le terrain en pente, et accueillirent les rebelles avec quelques salves désordonnées. Plusieurs guerriers tombèrent sous les balles des impériaux, mais leur charge fut trop fulgurante pour être stoppée. Les baïonnettes des soldats ne firent une nouvelle fois pas le poids face aux armes ancestrales des résistants, qui pourfendirent les premières lignes avec une violence inouïe. Incapables d'arrêter cette déferlante, les hommes de Saito perdirent pied, et eux qui quelques instants auparavant étaient en passe d'écraser la résistance, prenaient à présent la poudre d'escampette.

Le détective et son compagnon avaient également pris part à l'assaut, et tâchaient de cibler les gradés afin de maintenir les ennemis dans la panique la plus totale. Ces derniers essayaient désespérément de contenir cette vague infernale de guerriers enragés qui balayait tout sur son passage, mais il était difficile de distinguer les rebelles de leurs propres troupes dans une telle pagaille.

Privés de chef et sans personne pour les guider, les soldats se mirent à flancher, et ce fut rapidement l'ensemble du régiment qui battit en retraite. Les rebelles, qui venaient en quelques minutes de renverser le cours de la bataille, poursuivirent les fuyards jusqu'à la lisière du bois, où Nakajima fit stopper la charge.

Les guerriers poussèrent des cris de joie, brandissant leurs armes ensanglantées vers le ciel. Septime et Martin étaient parmi eux, et se mêlaient à la liesse. Ils avaient suivi leurs camarades dans leur contre-attaque suicidaire, tentant de les couvrir tant bien que mal à relative distance. Ils étaient exténués, blessés, écorchés, légèrement brûlés même par endroits, mais ils étaient en vie, et à ce moment précis, rien d'autre n'avait d'importance.

— Je n'arrive pas à croire ce qui vient de se passer ! s'exclama Martin en serrant son ami dans ses bras. On a réussi mon vieux ! Nous avons gagné la bataille !

— Nous n'y serions jamais arrivés sans vous, lui répondit Septime en lui souriant amicalement. Vous avez pris votre revanche sur le mal qui vous hantait, et sur votre ennemi de jadis. Votre victoire est à présent totale.

Le lieutenant-colonel lui posa la main sur l'épaule.

— Nakajima est le vrai héros de cette bataille, lui et ses

hommes, ajouta-t-il. C'est lui que nous devons honorer.

— Ainsi que notre compagnon Hirosawa, compléta Septime en perdant son sourire.

Martin baissa les yeux en pensant au moine.

— Vous avez raison Septime. Nous savons tous ce que nous devons au vieil homme, moi plus que quiconque. Sans lui, rien de tout ceci n'aurait pu se produire, et je ne serais même pas ici devant vous. Sa perte m'est extrêmement douloureuse…

— Venez mon ami, l'invita le détective. Allons rejoindre Nakajima, et occupons-nous des morts et des blessés. Nao et son groupe ne devraient pas tarder à nous rejoindre…

*

Les corps des rebelles tombés au champ d'honneur étaient alignés à même le sol, autour de l'infirmerie montée à la hâte. La victoire avait coûté la vie à plus de la moitié des hommes, et près d'un tiers des survivants étaient sérieusement blessés. Martin s'était entretenu avec Nakajima grâce à leurs notions réciproques de français et de japonais, et les nouvelles n'étaient pas bonnes.

— Bon sang, pourquoi l'avons-nous laissée s'engager dans pareille entreprise, commenta Septime en réponse au compte rendu de l'officier.

— Nao était volontaire pour cette mission, Septime, mission qui a été couronnée de succès par ailleurs…

— Mais à quel prix ? répliqua le détective. Deux survivants sur vingt membres et Nao aux mains de Saito. Est-on seulement sûr qu'elle soit encore en vie ?

— Notre éclaireur est formel, il l'a aperçue ligotée et inconsciente sur le dos d'un cheval, accompagnée de trois cavaliers, confirma Martin. Par ailleurs nous avons retrouvé tous les corps de nos camarades, excepté celui de notre amie.

Le détective jura, en tâchant de contenir sa colère.

— Que va-t-il advenir d'elle ? Je n'ose imaginer ce que va lui faire subir ce scélérat, maugréa-t-il par dire. Il faut la retrouver au plus vite ! Sait-on au moins dans quelle direction ils se sont rendus ?

Le lieutenant-colonel marqua une courte pause.

— Quelques-uns de nos hommes ont pisté les survivants de la bataille, et tout porte à croire qu'ils allaient en direction du temple des nuages…

— Vous voulez dire… Le temple de Yasura ?

— Celui-là même.

Les deux hommes soupirèrent en même temps.

— Mon Dieu, quelle folie les a conduits là, se désola Septime…

— Les murs du temple abandonné confèrent une bonne protection pour quiconque souhaite s'abriter à l'intérieur d'un territoire qui lui est hostile. Si les soldats se sont rendus là-bas, il y a de fortes chances que Nao et Saito y soient aussi.

— Comment en être certain ? demanda Septime dépité.

L'officier le regarda droit dans les yeux.

— Nous allons très vite en avoir le cœur net mon ami. Reposez-vous un peu et reprenez des forces, car dans une heure, nous partons à l'assaut du temple…

CHAPITRE 12

Le seigneur de Yamagata

Les cloisons faites de bois de hêtre ondulaient de façon étrange dans la pièce qui semblait tourner sur elle-même. La jeune femme ferma les yeux pour les rouvrir à nouveau, tout en essayant de maîtriser ses vertiges. Elle fut soudain saisie d'une vive douleur aux tempes, ce qui la fit grimacer. Elle commençait à peine à reprendre conscience, et ne savait combien de temps son esprit s'était égaré. Des bruits sourds se faisaient entendre au loin, semblables à des coups de feu, tandis que le plancher semblait craquer sous les pas frénétiques de nombreuses personnes allant en tous sens. La pauvre femme voulut gratter son front qui commençait à la démanger, mais fut incapable de bouger les mains. Elle leva les yeux au plafond, et se rendit compte qu'elles étaient ligotées au-dessus de sa tête, et reliées à une corde qui était fixée à une épaisse poutre. Un puissant revers de main vint s'abattre soudain sur son visage, la faisant sursauter.

— *Te voilà enfin réveillée, je commençais à m'inquiéter,* dit une voix sombre et monocorde.

L'espionne toussa, avant de lever les yeux vers l'individu qui venait de la frapper. Elle n'était soutenue que par la force de ses genoux, et n'avait pas la force de se lever.

— *L'agent impérial Naomi Matsudaira,* reprit le capitaine. *Membre émérite des services secrets de Son Altesse, mais également, et paradoxalement, fille de conseiller du shogun et héros de la résistance ! Vois-tu, j'ai moi aussi mené ma petite enquête sur ton compte...*

Sa voix était accompagnée par le son des salves des fusils au-dehors.

— *Tu entends ça ? Ce sont tes chers camarades qui sont venus à ta rescousse. Ils essaient depuis tout à l'heure de passer les murs. Hélas pour toi, sans succès.*

— *Où sommes-nous ?* demanda fébrilement Naomi.

— *Dans un temple où tes amis résistants avaient jadis trouvé refuge après une cuisante défaite face à mes hommes,* annonça-t-il. *Les propriétaires des lieux les avaient aidés à s'enfuir, et en avaient payé le prix fort...*

L'espionne laissa tomber sa tête en arrière en soupirant.

— *La première fois que je t'ai vue au camp, avec ton air arrogant et tes manières de princesse, je me suis réellement demandé ce que tu venais faire sur mes terres, avec ton histoire de soldat français porté disparu. Quand j'ai compris que tu ne lâcherais pas prise, et que tu comptais poursuivre ton chemin plus au nord, j'ai pressenti les problèmes et les ennuis que tu allais traîner dans ton sillage, et j'en ai conclu que toi et ton ami étranger deviez disparaître...*

Sa captive ne faisant aucun commentaire, le capitaine poursuivit son monologue.

— *Et la suite des événements me donna raison. Non contente d'avoir séjourné chez ces satanés rebelles, qui je te le rappelle, sont les ennemis de l'empereur, il a aussi fallu que tu t'en prennes à mon vassal, qui était le seul garant de l'ordre dans cette maudite vallée !*

Gagné par la colère, l'homme frappa de nouveau Naomi au visage, qui gémit de douleur.

— *Quand je pense que l'empereur t'a accordé son pardon, ainsi que sa confiance… Tu aurais dû mourir avec les hommes du shogun, ainsi qu'avec tous les traîtres de ton acabit !*

L'espionne émit un rire mauvais entre deux quintes de toux, puis fixa Saito droit dans les yeux.

— *Ne me parle pas de traîtrise, chien galeux*, lui dit-elle, pleine de rage. *L'empereur était-il informé de tes pactes avec la pègre ? Savait-il que son peuple ployait sous la tyrannie d'un ignoble bandit à la solde d'un de ses serviteurs ? Se doutait-il seulement de l'immonde corruption qui gangrène les rangs de son armée ? Il n'y a qu'un seul traître dans cette pièce Saito, et tu ne le sais que trop bien…*

Un rictus malsain se dessina sur la joue du capitaine, qui s'accroupit pour se mettre à la hauteur de sa prisonnière, pouvant ainsi la regarder dans le blanc des yeux.

— *Penses-tu vraiment que j'avais le choix ?* lui demanda-t-il avec un affreux sourire. *Imagines-tu qu'il est simple de gouverner une province où plus de la moitié de la populace a soutenu le shogun durant la guerre ? Le peu d'hommes mis à ma disposition n'aurait pas suffi à pacifier la région, aussi m'a-t-il fallu me tourner vers des hommes de pouvoir tels qu'Ono et ses sbires. Nous avons vite trouvé un accord : je lui laissais gérer ses petites affaires, tandis que ses hommes, en échange, calmaient les ardeurs du bon peuple.*

— *Les habitants de la vallée ne se seraient pas montrés aussi hostiles envers ton autorité si tu n'avais pas fait preuve d'une cruauté inouïe à leur égard durant la guerre !* répliqua l'espionne. *Il est de notoriété commune que ton régiment et toi-même vous êtes livrés aux pires exactions sur les résistants et leurs familles, et ce sans même en avoir reçu l'ordre...*

Le capitaine se releva en se massant la nuque.

— *Les gens de ce pays ne comprennent que la force,* répliqua-t-il. *Dès qu'un chef, fût-il shogun, daimyo* ou empereur, a montré ne serait-ce qu'une once de faiblesse durant notre Histoire, une guerre s'en est aussitôt suivie. Ainsi sommes-nous faits : servir, régner, ou mourir. Nous ne connaissons aucune alternative.*

Naomi garda le silence. Dehors à l'extérieur du temple, les échanges de tirs avaient redoublé d'intensité.

— *Quant à moi, fils de paysan, j'étais prédestiné à servir,* reprit Saito. *Condamné à courber l'échine devant cette caste des samouraïs, qui n'avait aucune légitimité dans un pays qui n'avait connu aucun conflit depuis plus de deux cents ans ! C'est alors qu'une opportunité s'ouvrit à moi, ainsi qu'à tous les hommes de basse extraction, avec la nouvelle armée de l'empereur. Nous avions enfin une chance d'exister, une chance de renverser la table, et de devenir les nouveaux maîtres du Japon ! J'ai combattu avec ferveur et dévouement pour me hisser au rang que j'occupe aujourd'hui, et je ne dois ma réussite qu'à la sueur de mon front.*

L'espionne ne faisait toujours pas de commentaire, se contentant de le fixer froidement.

— *Tu comprends donc que je ne saurais tolérer que la vermine se mette en travers de ma route, et m'empêche ainsi d'accéder à la gloire amplement méritée...*

— *De quelle gloire parles-tu ?* demanda-t-elle d'un ton sarcastique. *Se retrouver à la tête d'une petite caserne perdue dans les montagnes, c'est un destin glorieux pour toi ?*

Cela justifie-t-il les innombrables veuves et familles brisées que tu as laissées derrière dans ton sillage ? Tout ceci est grotesque !

— *Oh mais il s'agit de bien plus qu'une simple caserne,* répondit-il en baissant la voix, comme s'il s'apprêtait à révéler un secret. *Qui contrôle Nikko contrôle toutes les montagnes de Fukushima à Yamagata, ainsi que les ressources qu'elles renferment. Je suis en quelque sorte le nouveau seigneur de cette province, loin de la cour de Tokyo et de son œil inquisiteur.*

L'espionne resta silencieuse, tentant de déglutir avec peine, tant sa gorge était sèche.

— *Que comptes-tu faire de moi ?* demanda-t-elle d'un ton calme et résolu.

— T*e garder en otage,* répondit-il, presque surpris par la question. *Tes amis rebelles doivent sûrement contrôler les cols à présent, et la retraite vers Nikko serait des plus périlleuses si nous n'avions pas un sauf-conduit avec nous. Ta présence nous évitera une traque qui pourrait nous être fatale… Oh mais ne crois pas la partie terminée pour autant ! Je reviendrai, crois-moi, et en nombre ! Ta misérable bande de brigands finira par être éradiquée, et nous aurons notre revanche.*

— *Penses-tu que ma vie vaille plus que la leur à leurs yeux ?* ironisa l'espionne. *Crois-tu qu'ils sacrifieraient leur liberté et ce pour quoi ils se sont battus pendant tant d'années pour me porter secours ? Une fois de plus tu te fourvoies, Saito.*

Le capitaine dégaina lentement son revolver, et en caressa le canon devant Naomi, qui faisait mine d'ignorer la peur.

— *Tu as peut-être raison après tout,* finit-il par admettre. *En ce cas je ne vois pas pourquoi je devrais m'encombrer de toi plus longtemps…*

À peine avait-il prononcé ces mots qu'il colla son arme sur le front de la jeune femme, et pressa la détente. Cette dernière ferma les yeux et poussa un cri, mais à sa grande surprise, aucun projectile ne quitta la chambre de combustion. Saito sourit sadiquement, et dévoila devant sa captive le barillet qui était vide. Naomi expira longuement, tandis que son cœur battait à tout rompre.

— *C'est la conclusion à laquelle j'étais parvenu en arrivant ici,* reprit-il comme si de rien n'était. *Puis je me suis souvenu de ton ami étranger, et je me suis dit qu'avec un peu de chance, cet imbécile serait tombé sous ton charme, et ainsi, épris éperdument de ta ravissante personne, ferait tout pour te récupérer !*

L'espionne se mit à penser à Septime, ce qui lui redonna du baume au cœur. Elle réalisa également que si les rebelles assiégeaient à présent le temple, cela signifiait qu'ils avaient remporté la bataille, aussi espérait-elle que ses amis fissent partie des survivants.

— *Nous allons attendre que les assaillants épuisent leurs munitions ainsi que leur moral sur ces murs,* poursuivit Saito en faisant craquer ses doigts. *Ensuite, nous sortirons, et nous te mettrons bien en évidence, afin que tes compagnons ne tentent rien de stupide. Mais pour l'heure, nous avons encore un peu de temps à passer toi et moi, et je compte faire en sorte que chacune de ces minutes compte…*

*

Septime et Martin se tenaient à l'affût derrière un imposant rocher, trônant au milieu des bambous et des arbres. Voilà près d'une heure qu'ils essuyaient les tirs des impériaux, qui tenaient sans fléchir les murs du temple abandonné. La nuit commençait doucement à s'abattre sur la vallée, et les rebelles, n'ayant pu jusqu'alors percer les défenses, commençaient à craindre que le siège ne s'éternise.

— Bon sang mais que font-ils ? s'inquiéta le détective. Nous n'allons pas attendre comme ça indéfiniment, il faut agir !

— Une pièce d'artillerie, même mobile, ne se déplace pas comme un vulgaire sac de pommes de terre ! répliqua le lieutenant-colonel. Sans parler du relief à franchir, ainsi que de l'état laborieux du seul sentier qui mène jusqu'ici. Ce sera déjà un miracle si nos hommes ne cassent pas un essieu dans une crevasse, ou ne s'empêtrent dans je ne sais quelle mare de boue !

— Nous ne pouvons pas attendre après les miracles, et Nao encore moins, protesta Septime agacé. Il faut que je trouve un moyen de m'infiltrer dans le temple, tandis que vous me couvrirez. Si j'arrive à franchir le mur sur sa partie sud sans…

— Et que ferez-vous une fois de l'autre côté ? s'emporta Martin. Vous croyez que Nao vous attend bien sagement assise sur une chaise dans une pièce accessible et non gardée ? Saito sait que l'espionne est sa seule monnaie d'échange pour regagner ses contrées, aussi ne doit-il pas la lâcher d'une semelle. Quand bien même vous arriveriez à passer les murs, le comité d'accueil qu'ils vous auront réservé ne vous laissera aucune chance !

Le détective jura, puis inspira longuement. Il se tourna vers Nakajima, qui se tenait une cinquantaine de mètres plus loin avec une poignée de guerriers. Ces derniers guettaient les tireurs adverses, et effectuaient quelques tirs sporadiques afin de maintenir une pression constante sur les défenseurs.

— Attendons de pouvoir faire tomber ce satané mur, reprit l'officier. Tâchons de réduire leurs effectifs au maximum, et alors nous pourrons partir à l'assaut, et libérer notre amie.

— Entendu, approuva Septime en soupirant. Prions pour que l'artillerie arrive au plus vite.

Martin opina du chef, en jetant un coup d'œil vers le sentier, qui paraissait bien calme. Il espérait y voir apparaître les canons tant attendus, qui avaient été dérobés aux impériaux, et qui tardaient à venir. La forêt quant à elle devenait de plus en plus sombre, tandis que le soleil cédait peu à peu sa place à la lune…

*

Le capitaine était assis sur un vieux tabouret branlant, et découpait des quartiers de pomme à l'aide d'un long couteau. Naomi quant à elle était toujours suspendue à sa corde, qui lui lacérait presque les poignets. Elle avait peine à garder les yeux ouverts tant la fatigue sapait la moindre de ses forces. Saito lui jetait des regards amusés, tel un félin jouant avec sa proie.

— *Dis-moi, j'ai une question qui me taraude depuis longtemps,* finit-il par dire la bouche pleine. *Qu'est-il advenu de ton père ? L'empereur l'a-t-il gracié également ?*

L'espionne n'avait nullement envie de parler de ces choses-là, mais sentant que son bourreau allait insister, la pauvre se résigna à lui répondre.

— *Après la défaite face à l'armée impériale, lorsque les soldats se sont emparés du palais du shogun, mon père s'est donné la mort selon les préceptes du bushido**, répondit-elle d'une voix tremblante.

— *Je vois,* dit-il avec indifférence, tout en mâchant bruyamment. *C'est pourquoi tu as rejoint la résistance ? Afin de le venger, n'est-ce pas ?*

La conversation devenait insupportable pour la jeune femme qui bouillonnait de l'intérieur.

— *La vengeance n'a rien à voir là-dedans,* répliqua-t-elle froidement. *J'avais été engagée en tant que traductrice auprès des formateurs français, et dans la mesure où je n'avais plus nulle part où aller, je suis tout naturellement restée auprès de l'armée shogounale et de la résistance.*

— *L'armée shogounale,* répéta Saito d'un ton moqueur. *Une poignée de rōnins* et d'officiers français en mal d'aventures, tu veux dire.*

— *Poignée que vous n'auriez jamais pu vaincre sans vos canons et autres armes de lâches,* répondit sèchement l'espionne. *Et aujourd'hui encore, force est de constater que ces rônins peuvent t'infliger de cuisantes défaites !*

Elle redouta la réaction du capitaine face à son insolence, mais ce dernier se contenta de sourire, la fixant dans les yeux tout en se coupant un autre quartier de pomme.

— *J'aurai d'autres hommes, d'autres armes,* rebondit-il. *Tes amis rebelles, en revanche, sont voués à disparaître. Combien en reste-t-il ? Penses-tu vraiment qu'ils puissent tenir éternellement face à une armée de métier, entraînée et équipée des meilleures technologies ? Ils seront écrasés tôt ou tard, c'est inévitable.*

— *D'autres se rallieront à eux,* contesta Naomi. *L'écho de leur victoire sur ton armée va se répandre comme une traînée de poudre dans les provinces, et ce seront bientôt des centaines, des milliers d'hommes qui te feront face.*

Le capitaine éclata de rire en levant les yeux au ciel.

— *Ton histoire deviendrait presque romantique,* répliqua-t-il avec sarcasme. *Une troupe de vaillants héros, une fille de samouraï et un bel étranger venu de contrées lointaines à leur tête, semant un vent de révolte dans le cœur des opprimés... Voilà ma foi un bien beau tableau !*

L'espionne ne répondit pas, et se contenta de le fixer avec des yeux pleins de rage.

— Non ma mignonne, ce bon peuple que tu idéalises tant n'a que faire de votre cause, et ne regrette en rien le système féodal servile de votre shogun, reprit-il. *La vie du paysan vivant dans ces montagnes n'a pas changé depuis mille ans, et elle sera toujours la même encore dans un millénaire ! L'honneur, la bravoure, le code du guerrier, tout ceci lui passe au-dessus de la tête, ça et tout le reste…*

Naomi s'efforçait de rester imperméable aux mots du capitaine, même si ces derniers, elle le savait, n'étaient pas dépourvus de vérité. L'armée impériale ne manquait pas dans ses rangs d'hommes arrivistes et sanguinaires pour reprendre la place de Saito, si ce dernier venait à disparaître. On ne pouvait hélas pas en dire autant de Nakajima, tant les hommes de valeur et de noblesse de la sorte se faisaient désormais rares dans le pays. Après tout, qui diable pouvait rêver de mener une vie recluse, faite de privations, de batailles désespérées et de sang versé ? Elle venait de comprendre que ces années passées au sein des services secrets de l'empereur n'avaient en rien altéré l'amour qu'elle vouait à la cause des samouraïs déchus, et cette rencontre fortuite avec Nakajima avait relancé cette flamme dans son cœur, longtemps enfouie et atténuée mais jamais complètement éteinte.

— Allons, ne fais pas cette tête, se moqua le capitaine. *Tu es un agent impérial à présent, nous sommes dans le même camp ! Tu devrais te réjouir de l'avènement de ce nouvel ordre, au lieu de te morfondre pour ces avortons qui appartiennent au passé. D'ailleurs je vais te dire, je…*

Une puissante déflagration retentit soudain, faisant tressaillir les deux protagonistes. Des soldats se mirent à courir dans les couloirs, tandis que l'on entendait leurs confrères crier dans la cour.

— *Bon sang mais que se passe-t-il ?* s'agaça Saito qui se dirigeait vers le couloir.

Il interpella un de ses hommes qui filait à toutes jambes rejoindre ses camarades en le tirant par le col.

— *Toi, là, surveille la prisonnière, et ne la lâche pas des yeux,* lui ordonna-t-il. *Si elle bouge ne serait-ce qu'un orteil, frappe-la, mais ne la tue pas ! Il nous la faut vivante, vivante tu m'entends ?*

Le subalterne opina du chef nerveusement, tandis que le capitaine le laissait seul avec l'espionne, afin d'aller inspecter ce qui avait bien pu causer un tel boucan…

*

Le deuxième classe Kenichi Sakamoto se dirigeait vers un groupe de trois individus accroupis près du mur d'enceinte. Les hommes le saluèrent d'un signe de main à son arrivée, tandis que deux d'entre eux s'écartaient pour lui faire une place. Le soldat distribua à ses camarades des petits sachets de papier contenant des biscuits de riz séché, qu'ils engloutirent avec appétit.

— *Ce sont les derniers,* annonça le deuxième classe. *Nous n'avons plus de nourriture, ni d'eau d'ailleurs…*

— *Combien de temps va-t-on moisir ici bon sang ?!* s'énerva l'un de ses camarades. *Nous n'aurions jamais dû nous retrancher dans ce maudit temple, nous voilà faits comme des rats à présent !*

— *Et où voulais-tu qu'on aille ?* répliqua un autre. *Piquer d'une traite en direction de la caserne avec les rebelles sur nos talons ? Ils nous auraient harcelés jour et nuit jusqu'à ce qu'il ne reste plus aucun d'entre nous !*

L'homme qui venait de parler en dernier se risqua à jeter un rapide coup d'œil à travers la meurtrière, vestige d'une époque où les temples abritaient de puissants moines soldats, combattant tantôt dans les armées des samouraïs, tantôt se dressant contre leur pouvoir.

— *Ils se sont calmés on dirait,* constata-t-il en scrutant le bois. Leurs tirs deviennent plus rares.

— *Ils doivent sûrement manquer de munitions,* suggéra l'un des soldats.

— *Ou peut-être préparent-ils un sale coup,* renchérit un autre d'un air suspicieux. S'*il leur venait à l'esprit de nous charger au corps-à-corps comme ce matin, nous serions dans de beaux draps.*

— *Aucun homme ne peut traverser un mur, pas même un samouraï,* intervint à son tour Kenichi. *Qu'ils osent monter à l'assaut, et nous les abattrons comme des chiens !*

Le jeune homme s'était engagé dans l'armée en quête d'aventures et de gloire. Grande fut sa déception lorsqu'il se retrouva assigné à cette caserne perdue dans les montagnes, où ses journées étaient rythmées par les corvées et autres tâches inutiles et ennuyeuses au possible. Il n'avait connu aucune bataille jusqu'à aujourd'hui, et l'on pouvait dire que l'expérience en question avait été bien amère. Kenichi s'était retrouvé en queue de peloton, et s'était contenté de tirer à distance, tandis que ses camarades issus des autres escadrons montaient à l'assaut. Des heures d'attente et des dizaines de cartouches tirées à l'aveugle pour enfin voir l'ennemi contre-attaquer avec fureur, et balayer tout sur son passage. Le pauvre homme était resté impuissant face au massacre perpétré, ses jambes refusant de bouger tant la peur le tétanisait, jusqu'à ce que le sergent se résigne à sonner la retraite. S'en était suivie une pagaille monumentale, ainsi qu'une folle cavalcade dans les bois, qui allait conduire les vaincus jusqu'à ce temple abandonné, où ils cherchèrent refuge. Kenichi venait de comprendre aujourd'hui qu'il n'était pas fait pour ça, qu'il aurait dû écouter son vieux père et rester auprès des pêcheurs de son village. Il savait que s'il venait à survivre à ce siège, il ferait tout pour retourner auprès de sa famille, quitte à déserter.

— *Ah ! Attendez voir… Il y a du mouvement,* annonça le soldat qui était resté à la meurtrière.

Kenichi se joignit à lui pour voir ce qui se tramait de l'autre côté du mur. Tous deux distinguèrent une petite troupe progressant péniblement entre les bambous, et qui semblait pousser quelque chose. Apparut alors la bouche d'un canon, qui était pointé dans leur direction. Le soldat de deuxième classe écarquilla les yeux, tandis qu'il retint sa respiration.

— *Écartez-vous !* hurla-t-il.

Un obus vint percuter le mur d'enceinte, qui vola en éclats, juste à l'endroit où les quatre camarades étaient postés. Deux d'entre eux furent tués instantanément, tandis que Kenichi et son compagnon qui tenait la meurtrière furent projetés en arrière à plus de trois mètres. Le jeune homme ouvrit les yeux et aperçut le ciel. Il n'avait jamais pris la peine de le contempler, et il lui paraissait aujourd'hui si beau, si pur. Il n'entendait rien, et ne sentait plus son corps. Sa respiration se faisait lente et saccadée, mais cela n'avait aucune importance, car un sentiment de paix avait envahi son être. Il crut apercevoir entre les nuages le bateau de son père, qui voguait sur un océan de brume. Kenichi sourit, son âme emportée par le courant, tandis que son corps gisait parmi ceux de ses frères d'armes…

CHAPITRE 13

La vengeance de Yasura

Naomi fixait d'un air mauvais le jeune soldat qui la surveillait. Ce dernier, gêné par le regard persistant de l'espionne, jouait nerveusement avec le verrou de son fusil. Une demi-douzaine de coups de canon avait été tirée depuis la forêt environnante, faisant trembler les vieux murs du temple. Ce n'était plus qu'une question de minutes avant qu'une brèche ne se crée dans le système de défense des assiégés, et que les rebelles ne déferlent à l'intérieur de l'édifice. La jeune femme se tenait prête, car alors Saito viendrait la chercher afin de l'exhiber devant les assaillants, pour que ces derniers le laissent regagner sain et sauf la vallée de Nikko. Elle ne savait que trop bien ce qu'il adviendrait d'elle une fois que le capitaine aurait atteint sa base avec sa captive, aussi préférait-elle périr ici et maintenant plutôt que de se livrer aux fantasmes sanglants d'un tel tortionnaire. Un coup du sort allait cependant changer la donne, alors qu'un obus vint ricocher sur une pierre du mur d'enceinte, le déviant de sa trajectoire pour aller percuter la toiture du bâtiment central.

Le projectile traversa les tuiles noires, dévastant au passage la charpente, notamment la poutre de soutènement à laquelle était reliée la corde de l'espionne.

Le soldat, partiellement assommé, se retrouva enseveli sous les décombres. La jeune femme en profita pour se précipiter vers la partie de la poutre qui s'était effondrée afin de se libérer de la corde. Le nœud était bien serré, mais les doigts fins de Naomi finirent par en venir à bout. Elle n'était cependant pas tirée d'affaire dans la mesure où ses poignets demeuraient liés, et que son geôlier, qui semblait avoir repris ses esprits, s'était extrait du pan de la toiture qui lui était tombé dessus. Sans attendre, l'espionne bondit sur ce dernier, roula sur le côté afin de se retrouver dans son dos, et ainsi s'emparer du poignard à sa ceinture. Elle frappa à trois reprises au niveau des lombaires, enfonçant profondément la lame dans les chairs à chacun de ses coups. L'homme convulsa, avant de s'effondrer.

Naomi s'assit à côté du corps de sa victime pour trancher ses liens, mais aussi afin de souffler un instant. Elle était encore tout engourdie, et sa tête la faisait toujours souffrir. Il n'était cependant pas temps de baisser la garde, alors que d'autres soldats pouvaient surgir d'un moment à l'autre. L'espionne aperçut le canon du fusil du garde qui dépassait d'entre les décombres, aussi entreprit-elle de le dégager au plus vite. À peine s'était-elle emparée de l'arme que des coups de feu retentirent dans le couloir, accompagnés par de nombreux bruits de pas.

— Nous devons nous replier dans les cavernes, ordre du capitaine ! cria un soldat qui déboula dans la pièce. Coupe la corde de la prisonnière et emmène-la avant que…

L'homme s'arrêta de parler en apercevant le cadavre du

garde. Il eut tout juste le temps de lever les yeux pour voir l'espionne qui le tenait en joue. Le projectile l'atteignit en pleine tête, et le malheureux tomba inerte juste à côté de son camarade. Naomi se précipita alors vers le couloir afin de gagner la cour où ses compagnons devaient en ce moment livrer bataille, mais alors qu'elle n'avait effectué que quelques pas, cette dernière se retrouva en face de Saito et d'une poignée de ses hommes, qui semblaient pris en chasse par les rebelles.

— Scélérate ! hurla le capitaine en pointant son revolver vers elle.

La munition frôla la tempe de la jeune femme, qui dans un réflexe de survie, se jeta contre la cloison sur sa gauche. La fine paroi faite de bois et de papier céda sous la force de l'impact, et Naomi se retrouva à plat ventre sur la terrasse qui donnait sur la cour. Elle aperçut un rocher qui trônait au milieu des vestiges d'un jardin zen, et bondit pour s'y mettre à couvert. Saito surgit à son tour sur la terrasse, flanqué de deux de ses sbires. Ils s'apprêtaient à ouvrir le feu lorsque le capitaine poussa un cri de douleur en se tenant le coude. L'espionne se risqua à jeter un rapide regard vers ses assaillants, et constata que Saito avait été touché par un tireur qui devait se situer plus loin dans la cour. Elle se tourna sur sa gauche et aperçut Septime et Martin, accompagnés d'une dizaine de rebelles, qui prenaient d'assaut cette section du temple. Les impériaux ripostèrent brièvement avec quelques tirs à la volée avant de se replier dans le bâtiment. Saito, dont les insultes à l'encontre de la prisonnière évadée pleuvaient autant que les balles de son arme, fut le dernier à battre en retraite, et dut une fois de plus être raisonné par ses hommes.

— Nao ! s'écria le détective en courant vers l'espionne à en perdre haleine.

Ils se jetèrent dans les bras l'un de l'autre, comme s'ils avaient été séparés depuis des siècles.

— Septime, comme il est bon de vous revoir ! s'exclama la jeune femme. Je pensais que tout était fini, que jamais plus…

— Calmez-vous, Nao, vous êtes hors de danger à présent, la rassura-t-il en la serrant encore plus fort.

Le lieutenant-colonel surgit à son tour, accompagné d'une poignée de rebelles. Il gratifia la jeune femme d'un grand sourire, mais ne prit pas le temps de s'arrêter.

— Septime, occupez-vous de Nao, je me charge de Saito, annonça Martin en s'élançant à l'intérieur du bâtiment.

À peine lui et ses hommes s'étaient-ils engagés dans le couloir qu'ils furent accueillis par les tirs d'une troupe d'arrière-garde, dont la mission était de couvrir la retraite de leur commandant. Deux des guerriers qui ouvraient la marche furent tués, tandis qu'un autre fut touché à la jambe. Les assaillants ripostèrent avec vigueur, et eurent rapidement raison de la poignée d'impériaux qui n'avaient aucune échappatoire dans l'étroit corridor.

Martin et ses camarades reprirent leur poursuite du capitaine, qui avait à présent gagné les jardins intérieurs. Ce dernier ne comptait cependant pas mener la lutte en terrain découvert, et c'est sans s'arrêter qu'il se dirigea vers les cavernes, accompagné de seulement huit de ses soldats, le reste de son armée ayant péri, ou s'étant rendu à l'ennemi. Trois d'entre eux étaient équipés de lampes à pétrole, qui leur permettraient de traverser les sombres tunnels sous la montagne si le besoin se faisait sentir. Le chemin qui menait à l'entrée des grottes était longé par de multiples statues de pierre, représentant des créatures fantastiques issues du folklore bouddhiste, derrière lesquelles les impériaux comptaient se mettre à couvert pour accueillir leurs poursuivants. Ces derniers surgirent du temple et s'élancèrent à leur tour dans les jardins, sous le feu des soldats embusqués. Un homme tomba, mais les rebelles, forts de leur nombre, poursuivirent leur assaut sans faiblir.

— Repliez-vous dans les tunnels ! ordonna Saito qui rechargeait frénétiquement son arme en faisant tomber quelques cartouches au sol. Il nous sera plus facile de les contenir dans un espace confiné !

Les soldats s'exécutèrent en opérant une retraite éclair, si bien qu'ils purent distancer les rebelles qui avaient pourtant mené un assaut rapide et audacieux. La caverne à l'ombre de la montagne constituait un poste défensif bien plus simple à tenir pour une force de si petite taille, et Martin l'avait bien compris. Il ordonna donc à ses hommes de ralentir la cadence, tandis que les quelques téméraires partis à la tête de la troupe subissaient un feu nourri de la part des impériaux. Le lieutenant-colonel se mit à l'abri derrière l'une des statues, et prit le temps de souffler un peu. Il se retourna pour apercevoir Septime et Naomi qui vinrent le rejoindre à l'abri de la sculpture.

— Nao, que faites-vous ici ? s'emporta Martin. Vous tenez à peine debout, vous devriez rester à l'arrière et…

— Il est hors de question que je reste les bras croisés alors que ce maudit capitaine est en train de nous filer entre les doigts ! le coupa-t-elle. Si Saito parvient à s'extirper des tunnels et à gagner l'autre côté de la montagne, il s'évaporera dans la nature, et nous aurons alors perdu notre seule et unique chance de mettre fin à sa tyrannie !

— Je n'ai rien pu faire pour l'en dissuader, annonça Septime en réponse au regard désapprobateur de son camarade.

L'officier jura dans sa barbe mais n'insista pas davantage.

Il connaissait la jeune femme ainsi que son tempérament, et savait qu'il était vain de raisonner avec elle lorsque cette dernière avait une idée en tête.

— Saito est peut-être déjà dans les tunnels, et les quelques hommes qui gardent l'entrée de la caverne n'ont sûrement été placés là que pour couvrir sa retraite, réfléchit-il à voix haute. Tout le temps que nous perdons ici à attendre nous éloigne de plus en plus de lui.

— Suggérez-vous que nous chargions dans le tas ? demanda le détective, qui ne semblait pas vraiment enthousiaste à cette idée.

Martin tourna le regard vers ses hommes, qui bien qu'épuisés semblaient brûler d'impatience de monter à l'assaut. Ils voulaient en finir une bonne fois pour toutes, et profiter de leur avantage numérique pour vaincre l'adversaire au corps-à-corps.

— Je vais mener la charge, déclara-t-il. Nao et vous resterez en retrait jusqu'à ce que nous nous rendions maîtres des tunnels, et il n'est pas question d'en discuter !

La jeune femme et son compagnon acquiescèrent sans faire d'histoire, tandis que l'officier abandonna son fusil au profit de son revolver. Il inspira profondément avant de se lever brusquement en tirant un coup de feu en l'air. Les rebelles lui emboîtèrent le pas en hurlant, baïonnettes au canon et sabres en avant. Les fantassins impériaux devinrent hésitants face à une telle charge. Ces derniers vidèrent quelques cartouches à la hâte, mais très peu de projectiles atteignirent leurs cibles. Sentant que sa ligne allait flancher et que tout était perdu, Saito, sans mot dire, se saisit d'une lampe qui était posée près de l'un des soldats et prit la poudre d'escampette en s'engouffrant dans un des tunnels, sans savoir où celui-ci allait le mener. L'espionne, qui avait assisté à la scène, se rua vers la caverne en faisant fi des consignes de son ami officier.

— Nao, attendez ! Bon sang…

Septime s'élança à son tour à la poursuite du capitaine, le revolver à la main. Lorsque les deux acolytes atteignirent l'entrée des tunnels, les quelques défenseurs qui avaient survécu à la charge s'étaient déjà rendus aux rebelles. Si ces derniers savouraient leur victoire, Martin, lui, remarqua que l'un des impériaux manquait à l'appel. C'est alors qu'il aperçut ses deux compagnons, qui se précipitaient vers un des tunnels avec détermination.

— Saito s'est échappé par ici ! lui lança le détective sans s'arrêter.

— Septime, du calme ! Vous n'y verrez pas plus loin que le bout de votre nez là-dedans !

Le lieutenant-colonel jura, et emboîta le pas de ses comparses, suivi à son tour par Nakajima et quelques guerriers, qui avaient réquisitionné les deux autres lampes. Ils avançaient à une cadence soutenue dans l'étroite artère, tout en restant prudents, et tendaient l'oreille en quête d'un signe du fugitif. Après une longue descente dans les profondeurs, ils se retrouvèrent face au fameux embranchement qui donnait sur trois tunnels différents.

— Merde, je les avais oubliés ceux-là, grogna Martin.

— Nous devrions nous séparer, suggéra Septime. Nao et moi prendrons celui sur la gauche.

— Très bien, je prends au centre avec deux hommes, et Nakajima investira le tunnel de droite.

L'espionne se tourna vers le rebelle, qui semblait avoir compris le plan sans avoir recours à une traduction. Chacun des trois groupes s'équipa d'une lampe et s'engagea dans son tunnel respectif.

— Septime, attendez, le retint l'officier en le saisissant par le coude. Qu'en est-il de Yasura ? Êtes-vous certain qu'il… Qu'il ne représente plus aucun danger ?

— Martin, votre seule présence dans ces cavernes en est la preuve, dit-il pour le rassurer. Ne vous en faites pas, le moine déchu s'est définitivement détourné de vous, vous n'avez plus rien à craindre.

— Bien, si vous le dites, concéda l'officier non sans réserve. Ne perdons pas de temps alors…

À peine avait-il fini sa phrase que l'homme disparut dans les ténèbres de la cavité centrale. Septime et son acolyte s'engagèrent eux dans celle de gauche, qui semblait légèrement plus étroite. Le détective avançait en tête, s'efforçant d'examiner le sol à la recherche de traces de pas, ou d'un quelconque indice attestant du passage de Saito. Ils progressèrent une bonne minute dans le sombre boyau troglodyte lorsque Septime fit halte au milieu du chemin.

— Nao, regardez, lui indiqua-t-il en se penchant à ses pieds. Du sang frais. Il doit à coup sûr provenir d'une blessure que nous aurions infligée au capitaine.

L'espionne se pencha à son tour.

— Oui effectivement, je me souviens de l'avoir vu se tenir l'avant-bras dans la cour intérieure du temple, avant qu'il ne prenne la fuite !

— La blessure a l'air de saigner abondamment, ce qui devrait le ralentir, commenta Septime. Accélérons le pas, mais restons néanmoins prudents. S'il devait nous avoir dans sa ligne de mire, nous serions des cibles faciles dans ce tunnel…

Un étrange bruit retentit soudain des profondeurs, qui fit tressaillir l'espionne.

— Septime, vous avez entendu ça ?

— Oui, c'est sûrement Saito, ou bien l'un de nos camarades, supposa Septime.

Voyant que sa partenaire était inquiète, Septime se voulut rassurant.

— Nao, croyez-moi, l'esprit de Yasura n'a plus aucune raison de venir nous chercher querelle. Nous avons fait ce qu'il y avait à faire, et je puis vous garantir qu'il n'y a rien à craindre dans ces tunnels, si ce n'est ce satané capitaine, sur lequel nous devrions nous concentrer !

— Vous avez raison, approuva l'espionne en tentant de se ragaillardir. Hâtons-nous de mettre la main sur ce brigand avant qu'il n'atteigne la sortie…

*

Le capitaine avançait péniblement dans l'étroit tunnel qui ne semblait mener nulle part, si ce n'est aux enfers. L'air venait à manquer à mesure qu'il descendait dans les tréfonds, tandis que son bras le faisait souffrir. La balle avait par chance évité le coude de justesse, mais n'avait pas épargné les chairs, ni peut-être même les os de son avant-bras droit. Quoi qu'il en soit, le membre saignait abondamment, et Saito avait toutes les peines du monde à le faire bouger. Il s'arrêta un court instant afin de récupérer son souffle, le dos collé contre la paroi rocheuse. Une goutte de sang perla le long de sa main, avant de tomber à ses pieds. L'officier impérial s'accroupit en posant sa lampe devant lui, sortit un couteau de sa gaine, et découpa un lambeau de tissu de sa tunique afin d'en faire un bandage. Il l'enroula délicatement autour du bras meurtri et fit un nœud qu'il serra avec ses dents.

L'homme se releva et entendit soudain un étrange son

résonner dans tout le tunnel. Ses poursuivants ne devaient plus être bien loin, et c'est d'un pas hardi qu'il continua sa progression en quête d'une sortie. Il avait cette désagréable et angoissante impression qu'il était suivi de très près, à mesure qu'il avançait, ce qui le poussait à accélérer toujours plus la cadence. Il se retourna à maintes reprises en agitant nerveusement sa lampe, mais les rebelles semblaient pourtant loin. Saito était inquiet, épuisé, et passablement énervé du fait qu'il avait le sentiment de tourner en rond. Cette crainte fut hélas confirmée lorsque le malheureux se retrouva face à un nouvel embranchement de tunnels, qui ressemblait fortement aux deux précédents qu'il avait empruntés. Fou de rage, il serra les dents, et se retint d'éclater sa lampe sur la pierre. Il avait à présent le choix entre deux artères, toutes aussi étroites et sombres l'une que l'autre. Désespéré, le militaire opta pour celle de droite.

C'est au moment où il allait s'y engouffrer qu'il entendit du bruit provenant du tunnel adjacent. Saito se figea et tourna la tête. Son sang ne fit qu'un tour lorsqu'il découvrit un homme occidental équipé d'une lampe et d'un revolver, qui se tenait à seulement quelques mètres de lui. Ce dernier sursauta également, et mit en joue le capitaine, qui dans un réflexe surhumain, se jeta dans le boyau de droite. Deux coups de feu retentirent, et les projectiles allèrent s'écraser sur la roche. Saito glissa sur le sol humide et partit en avant, ce qui le sauva de justesse, tandis qu'une troisième balle fila à quelques centimètres au-dessus de sa tête. Par chance, le tunnel bifurquait rapidement sur la droite, en un angle presque parfait, ce qui permit à l'officier de se mettre temporairement à couvert.

— *Saito ! Cette fois-ci tu ne nous échapperas pas !* hurla une voix féminine à l'entrée de l'artère.

Le capitaine jura dans sa barbe. Voilà qu'il faisait à présent face à deux adversaires. Il saisit son revolver à l'aide de son bras blessé, en tentant d'ignorer la douleur, et se tint prêt à réceptionner l'assaut de ses poursuivants.

— Sale petite vermine ! cria-t-il à son tour. J'aurais dû t'arracher le cœur quand j'en avais l'occasion ! Si je sors vivant de ces cavernes, je peux te jurer par tous les dieux qui puissent exister en ce monde, que je te retrouverai, et te tuerai !

— *Tu n'en auras pas l'occasion, pourriture !* répliqua l'espionne. *Tu vas mourir ici, et par ma main !*

Saito inspira longuement, et tira deux coups à la volée, avant de filer à toute vitesse sur sa droite. Une course-poursuite s'engagea dans le tunnel, avec plusieurs coups de feu tirés de part et d'autre. L'arme du soldat se retrouva bientôt vide, tandis que ses poursuivants l'avaient presque rattrapé. Il voulut saisir une poignée de cartouches qu'il gardait dans sa petite sacoche, et ne vit pas la pente raide qui se dessina soudain à ses pieds. L'homme bascula en avant et fit trois tours sur lui-même, lâchant lampe et revolver dans sa chute. Septime l'aurait rejoint en bas de la pente si l'espionne ne l'avait pas retenu de justesse en l'agrippant par la manche. Ce dernier avait enfin l'officier impérial dans sa ligne de mire, et il ne mit pas longtemps à agir. Mais c'est alors qu'il tenait Saito en joue que la terre se mit soudain à trembler, si fort que le détective en perdit l'équilibre. Une partie du plafond de la cavité s'écroula sous la violence des secousses, et les pierres manquèrent de peu de s'abattre sur la tête des aventuriers. Septime avait étreint l'espionne par réflexe, dans le but de la protéger des éboulements en la couvrant de son propre corps, mais par chance, aucun d'entre eux n'avait de blessure à déplorer.

— Tout va bien ? demanda le détective en reprenant son souffle.

— Ma foi, plus de peur que de mal, répondit Naomi.

La jeune femme poussa un soupir en constatant que le chemin était à présent complètement bouché.

— Et maintenant, que fait-on ?

Des bruits de pas se firent entendre derrière les deux acolytes, qui se retournèrent frénétiquement l'arme au poing.

— Ah ! Vous voici ! s'exclama Martin qui apparut avec ses hommes. Nous avons entendu des coups de feu, que s'est-il passé ?

— Nous avons trouvé Saito, répondit Septime en rangeant son arme dans son étui. Nous étions à deux doigts d'en finir lorsque ce maudit séisme fit effondrer la galerie… Le bougre est peut-être mort, enseveli sous les décombres, ou bien s'en est sorti et nous a définitivement filé entre les doigts.

— Rassurez-vous, il y a peu de chances que cela se produise, rétorqua l'officier. Nous avons rejoint le groupe de Nakajima, qui a réussi à atteindre le tunnel qui mène à la sortie, à l'est de la montagne. Ses hommes et lui y sont postés, aussi nous n'avons nullement à craindre que l'impérial nous échappe, d'un côté comme de l'autre de cette fichue montagne…

*

Le capitaine était à présent plongé dans l'obscurité la plus totale. Il avait par chance survécu à l'effondrement du tunnel, ce qui n'était hélas pas le cas de sa lampe, qui était à présent ensevelie sous les décombres. La panique commençait tout juste à le gagner, mais c'est alors qu'il se souvint qu'il avait une petite boîte d'allumettes américaines dans une des poches de son pantalon, qu'il conservait pour les rares occasions où il fumait la pipe. Saito retint son souffle en saisissant l'un des bâtonnets et en le pinçant près de la tête afin de ne pas le briser, quitte à se brûler les doigts. Il craqua la précieuse tige de bois, dont l'extrémité crépita au frottement, produisant une petite flamme qui n'apportait que peu de lumière au milieu de telles ténèbres. Quelque chose frôla le militaire dans son dos, et ce dernier se retourna brusquement, faisant dangereusement vaciller la fragile flamme. Le tunnel, le gouffre – les dieux seuls savaient où il se trouvait à ce moment – fut soudain pénétré par un puissant courant d'air glacial. Le capitaine d'habitude intrépide et téméraire ressentait à présent la peur le consumer. Il eut l'impression que quelque chose venait à nouveau de bouger dans son dos, ce qui le fit pousser un petit cri à moitié étranglé.

— *Qui va là ? Montrez-vous !* ordonna-t-il d'une voix paniquée.

L'homme s'empressa de passer sa main sur l'étui de son arme, et se rappela qu'il avait également égaré cette dernière lors de sa chute. L'allumette qu'il tenait de son autre main tremblante finit par rendre l'âme, et Saito se retrouva de nouveau plongé dans le noir.

— *Non, non ! Pas maintenant*, dit-il à voix haute en s'emparant de la boîte. *Calme-toi, mon vieux, tu en as vu d'autres n'est-ce pas ? Oui… Oui tu t'es sorti de situations bien plus périlleuses encore, alors respire… Respire…*

Il craqua une deuxième allumette avec succès, ce qui le propulsa dans une joie presque démente. C'est alors qu'il sentit comme un souffle dans son cou, ce qui le fit bondir tel un possédé.

— *Montre-toi !* hurla-t-il presque en sanglotant. *Qui que tu sois, cesse de te cacher dans l'ombre !*

Il perçut alors un étrange murmure qui semblait proche et distant à la fois, comme si la roche prenait vie, et se mettait à parler. Les contours d'un visage se dessinèrent soudain à la lueur de la minuscule flamme qu'il tenait en avant, tandis que sa gorge se nouait d'effroi.

Saito fut alors projeté en dehors du temps, et survola le temple, à l'époque où celui-ci resplendissait avec ses couleurs chatoyantes et ses sublimes jardins. Il vit un attroupement de moines tentant de bloquer les portes en bois laqué de la cour principale. De l'autre côté des murs se tenait une imposante troupe de soldats qui arboraient des visages cauchemardesques, et qui hurlaient comme des possédés. Les portes finirent par céder, et les hommes en armes déferlèrent à l'intérieur du sanctuaire telles des bêtes enragées, transformant la cour en une mare de sang. Le capitaine cligna des yeux, et se retrouva soudain aux pieds d'un arbre mort, aux branches étrangement tordues. Des hommes chauves, vêtus de tenues de cérémonie religieuse se tenaient immobiles en formant un cercle autour du soldat. Ils avaient la peau anormalement pâle, et leurs yeux vitreux semblaient regarder dans le vide. Ces derniers tournèrent la tête de façon synchronisée vers l'arbre, lentement, sans que les traits de leurs visages ne témoignent d'une quelconque émotion. Le sol au pied du vieux chêne se mit à frémir, quand ses lourdes et noueuses racines s'animèrent, tandis que jaillit de terre une créature humanoïde squelettique à l'allure terrifiante. Saito voulut s'enfuir sans demander son reste, mais ses jambes refusèrent de bouger. La chose se rapprocha et dévoila les traits cadavériques de son visage desséché.

Le capitaine, impuissant face au lugubre spectacle de l'horreur, poussa un ultime cri d'épouvante et de désespoir, tandis que son enveloppe charnelle se figeait, tel un corps pris dans les glaces, et qui resterait pétrifié pour l'éternité…

ÉPILOGUE

Le son mécanique d'une horloge à pendule meublait le pesant silence qui régnait dans le bureau du colonel Edgar Plantin. Ce dernier était penché sur son bureau, occupé à lire les dernières notes du compte rendu qui venait de lui être présenté.

— Bien, voilà ma foi qui conclut cette affaire, déclara-t-il en réajustant ses lunettes qui étaient descendues jusqu'au bout de son nez. J'espère seulement que l'armée impériale n'aura pas vent de l'association de deux Français avec ces rebelles, car il lui serait difficile de croire que vous ne faisiez que vous défendre contre un de leurs officiers, quand bien même était-il corrompu. Avez-vous quelque chose à ajouter ?

— Rien de mon côté, répondit Septime, tandis qu'il se tournait vers l'espionne, qui était assise sur sa gauche.

— Moi non plus, confirma-t-elle à son tour.

L'officier sourit en se levant péniblement de son fauteuil.

— Parfait, ravi de voir que tout est finalement rentré dans l'ordre, lança-t-il. Je ne puis néanmoins m'empêcher de penser à ce capitaine Saito, et à son funeste sort. Prions pour qu'il soit la dernière victime de ce… *Yasura,* et que cet esprit vengeur trouve enfin le repos.

— C'est ce que nous souhaitons tous, appuya le détective. Maintenant que les rebelles ont condamné les issues qui mènent aux cavernes où repose la dépouille du moine, plus personne ne devrait troubler son âme.

Plantin fronça les sourcils et resta un moment songeur.

— Qu'en est-il de ce pauvre Tussaud ? s'enquit-il d'une voix inquiète. Êtes-vous certain que notre cher lieutenant-colonel soit bel et bien délivré du mal qui le tourmentait ? Va-t-il enfin être en paix ?

— Martin Tussaud a réparé la faute qui fut commise il y a plusieurs années par l'un de ses hommes, le rassura Septime. Le moine ne porte désormais plus aucun grief à son encontre, aussi n'a-t-il plus aucune raison de s'en prendre à lui.

Le colonel croisa le regard de l'espionne, qui baissa la tête en souriant poliment. Elle ne semblait plus être la femme qu'elle était avant de prendre part à cette aventure,. Les sombres et occultes expériences qu'elle avait vécues tout au long de ce voyage avaient sans nul doute profondément marqué son esprit.

— Il va me falloir encore un peu de temps pour que je me résigne à admettre totalement l'existence de telles choses, reprit Plantin. Quoi qu'il en soit, nous avons retrouvé notre homme sain et sauf, et avec toute sa tête semble-t-il. Voilà tout ce qui m'importe.

Ne trouvant rien à redire, Plantin tendit la main au détective, qu'il serra vigoureusement.

— Il ne me reste plus qu'à vous remercier mon ami, en vous souhaitant un bon retour dans notre chère patrie.

Épilogue

La prochaine correspondance pour Brest quittera le port de Yokohama mardi prochain. Cela vous laisse quelques jours pour profiter encore un peu des charmes du pays. Vous demeurez bien évidemment notre invité au sein de la caserne jusqu'à votre départ.

— Je vous remercie pour votre accueil, colonel, répondit Septime. Ce fut un plaisir de travailler avec vous.

— Le plaisir fut partagé, monsieur Klein. Peut-être nous reverrons-nous un jour en France, ou bien même ici, qui sait…

L'officier avait furtivement croisé le regard de l'espionne en prononçant ces mots, et un sourire à peine perceptible se dessina sur ses lèvres.

— Qui sait, se contenta-t-elle de répondre.

Elle sortit du bureau, accompagnée du détective, et tous deux empruntèrent le grand escalier qui menait à l'étage inférieur, lorsque Martin, qui les avait aperçus, se précipita à leur rencontre.

— Nao, Septime ! J'avais peur de vous manquer ! s'exclama le lieutenant-colonel.

Les compagnons, l'âme joyeuse, s'étreignirent de bon cœur.

— Permettez-moi de vous dire que vous êtes d'une élégance folle, mon cher, commenta l'espionne en examinant son camarade de la tête aux pieds. Vous semblez encore plus jeune que la première fois où nous nous sommes rencontrés !

— Arrêtez, je vous en prie, vous allez me faire rougir ! répondit-il d'un ton amusé.

Le détective le complimenta à son tour sur son uniforme tout neuf.

— Comment se passe votre retour à la caserne, mon ami ? demanda-t-il. La formation des soldats se déroule-t-elle pour le mieux ?

— Oui, je dois dire que les instructeurs ont fait un incroyable travail en mon absence, reconnut-il. Nous allons mettre sur pied une formidable armée d'ici quelques mois !

— Vous m'en voyez ravi, Martin !

Septime cessa de sourire et adopta soudain un ton plus grave.

— Comment vous sentez-vous depuis notre aventure dans le Nord ?

— Plutôt bien à vrai dire, répondit le lieutenant-colonel. J'appréhende cependant le moment du coucher, et je dois bien admettre qu'il m'est encore difficile de dormir sans une bougie ou une lampe allumée à mon chevet.

Martin croisa le regard de l'espionne, qui ne comprenait que trop bien ce sentiment d'inquiétude latente, elle dont l'esprit avait aussi été pénétré par le fantôme de Yasura.

— Il m'arrive également de repenser à ces sombres cavernes, reprit-il. Son corps tapi dans le noir, et son regard, Septime, son regard... Cette vision cauchemardesque me hantera pour le restant de mes jours...

— Ne vous en faites pas, la rassura Septime en lui posant la main sur l'épaule, comme il avait coutume de le faire. Ces pensées s'estomperont avec le temps, jusqu'à ne devenir que de lointains souvenirs. Faites-moi confiance, tout ira pour le mieux.

L'officier lui sourit en le remerciant pour ces paroles réconfortantes.

— Bien, je suis attendu chez Plantin et le colonel n'aime pas attendre, annonça-t-il. Comme vous le savez, nous partons dès ce soir pour former les troupes du secteur Est de Tokyo et il nous reste beaucoup de choses à régler avant le départ. Quand partez-vous pour la France ?

Épilogue

— Le bateau quittera le port mardi matin, annonça le détective. Cela me laisse quatre jours pour visiter les environs en agréable compagnie…

Naomi rougit légèrement en regardant Martin avec des yeux espiègles.

— Je ne vois en effet pas de meilleure façon de conclure un voyage, répondit le lieutenant-colonel. Vous allez me manquer, vous savez… Tous les deux… J'espère que nous aurons l'occasion de nous croiser à nouveau.

— J'en suis persuadé, lui confia amicalement Septime. Ici, au pays, ou bien ailleurs, nous nous reverrons.

— Dans mes bras, Martin ! implora Naomi qui ne put contenir ses larmes.

L'officier serra bien fort sa camarade, avec qui il avait vécu tant d'aventures. L'émotion le gagna aussi, mais il parvint à se contenir non sans difficulté.

— Prenez soin de vous, l'ami, dit Septime. Et si par malheur l'envie de fuguer nuitamment de la caserne vous venait à nouveau, de grâce, réfléchissez-y à deux fois !

— Oh ça, vous pouvez en être certain ! s'exclama Martin en éclatant de rire.

Les compagnons firent leurs derniers adieux avant de se séparer. Naomi et le détective venaient de franchir les portes du quartier général, et se trouvaient à présent dans la grande rue qui menait au port. Le soleil était radieux, et le vent soufflait à peine.

— Que d'émotions, commenta l'espionne en souriant tristement. Je viens à peine de retrouver Martin après toutes ces années et il faut déjà que nous nous séparions… J'espère que tout ira bien pour lui.

— Ne vous en faites pas, répondit Septime en souriant.

Le lieutenant-colonel est définitivement tiré d'affaire, vous pouvez me croire.

Rassurée, la jeune femme sourit à son tour. Le détective marqua un court silence. Il était davantage inquiet pour sa partenaire qui avait connu tant de chamboulements durant leur périple, et qui semblait être en quête d'un nouveau sens à son existence.

— Êtes-vous certaine de vouloir me suivre ? demanda Septime. C'est un long voyage qui nous attend, et vous risquez de vous languir du pays et de vos amis.

— Oui, ma décision est prise, répondit Naomi avec détermination. Je me suis rendue à l'évidence que ma place n'était plus au sein des services secrets de l'empereur, pas après ce que nous avons vécu avec Nakajima et ses hommes. Je devine votre prochaine question, et non, je ne souhaite pas pour autant prendre part à au combat des rebelles, qui s'avère perdu d'avance. Mon cœur ne saurait supporter d'assister au spectacle tragique de leur chute, aussi est-il préférable de partir loin de tout ceci.

Septime acquiesça sans mot dire.

— Par ailleurs, vous avez besoin de quelqu'un pour veiller sur vous lors de vos enquêtes, reprit-elle sur le ton de la plaisanterie. Si d'aventure une nouvelle armée ou autre clan de bandits se mettait en travers de votre route…

— Vous ne manquez pas de souffle ! répondit le détective sur le même ton. Dois-je vous rappeler qui vous a sortie du pétrin lorsque vous étiez captive ? …

— Bien… Mettons que nous sommes quittes, conclut-elle avec un sourire espiègle.

Ils se mirent à rire de bon cœur sous l'œil inquisiteur des gens de passage.

Épilogue

— Vous allez leur manquer à tous, reprit-il plus sérieusement. Nakajima, Martin, les rebelles…

— Ils vont me manquer à moi aussi, finit-elle par dire après un court silence. Mais il faut aller de l'avant. Une page de ma vie se tourne et j'ai à présent l'opportunité d'en écrire une nouvelle qui risque d'être palpitante ! Il me tarde de découvrir la France et ses merveilles, qui ne m'ont été décrites que dans les livres et sur d'abstraites illustrations. Je me vois déjà m'enivrer de bon vin, visiter les demeures des peintres et poètes qui ont façonné votre culture, contempler les cathédrales qui tutoient le ciel de leurs hauteurs !

— Je crains bien que vous ne surestimiez les charmes du pays, se moqua Septime. J'espère que vous ne serez pas déçue…

— Avec vous à mes côtés, j'en doute, affirma-t-elle en le regardant dans les yeux. Je sais par ailleurs que l'aventure se met facilement sur votre route, où que vous soyez, et je dois dire que ce n'est pas pour me déplaire !

Le détective s'apprêtait à répliquer lorsqu'il aperçut un très jeune homme courir vers eux. Il portait une casquette semblable à celle d'un soldat, et avait une sacoche en bandoulière.

— Monsieur Klein ! J'ai une lettre pour vous ! annonça le garçon tout essoufflé. L'émetteur a précisé dans un papier séparé qu'il s'agissait d'une urgence, aussi je vous invite à prendre connaissance de son contenu au plus vite.

L'individu salua rapidement Septime et sa compagne, et disparut aussi vite qu'il était venu en direction des docks. Le détective examina le document, et particulièrement le sceau de cire qui cachetait l'enveloppe, et qui ne ressemblait à nul autre. Il finit par l'ouvrir, et entreprit de lire la lettre qui tenait sur le recto d'une page. L'écriture était petite et tassée, mais elle avait été réalisée à l'aide d'une encre de qualité.

— Un problème ? demanda Naomi qui s'impatientait.

Le détective leva les yeux vers l'espionne avec un sourire malicieux.

— Vous qui parliez d'aventure, ma chère, il semblerait que nous ayons l'opportunité d'en vivre une nouvelle plus tôt que prévu. Nous partons une fois de plus à la chasse aux fantômes !

LEXIQUE

bushido : littéralement « la voie du guerrier » est un code regroupant l'ensemble des principes moraux que les samouraïs étaient tenus de respecter, à l'instar du code de chevalerie français.

daimyo : seigneur provincial et chef de clan du Japon féodal (à l'instar des barons, comtes et ducs européens) qui était inféodé au Shogun.

futon : tapis de literie japonais.

imo-shochu : alcool de patate douce.

mochi : préparation culinaire obtenue en pétrissant du riz gluant cuit et servit le plus souvent sous forme de boulette.

mugi-shochu : alcool de blé.

naginata : sorte de hallebarde à lame courbe maniée essentiellement par les moines-guerriers, particulièrement utile contre la cavalerie ou pour maintenir des ennemis à distance. La *naginata* était également l'arme de prédilection des femmes de samouraïs qui devaient protéger le foyer lorsque leurs époux étaient appelés au combat.

omamori : amulettes porte-bonheur japonaises dédiées à une divinité ou à une figure bouddhiste.

LES OMBRES DE YAMAGATA

rōnins : littéralement « homme flottant ». Désigne un samouraï ayant quitté son maître dans le Japon médiéval.

saké : traduction japonaise du mot « alcool », mais qui désigne à l'étranger plus spécifiquement les boissons alcoolisées traditionnelles japonaises issues le plus souvent du brassage du riz, du blé ou de la patate douce.

san : suffixe honorifique unisexe, le plus commun de la langue japonaise, ajouté derrière le nom de famille (ou plus rarement le prénom) d'une personne afin de signifier une marque de respect.

tatami : revêtement de sol traditionnel japonais fabriqué avec des couches de paille de riz superposées et entrecroisées.

yukata : habit léger porté par les hommes comme par les femmes durant l'été ou au foyer.

JOCELYN BOUCHET

Né en 1989 en région parisienne, Jocelyn Bouchet poursuit des études en économie qui le conduiront jusqu'au Japon, pays où il réside depuis 2011. Adepte de rugby et de fitness, il travaille à présent dans la réalité augmentée appliquée à l'industrie du sport.

Jocelyn est également passionné d'histoire, mais aussi du folklore et des légendes que les anciens se racontaient au coin du feu durant les longues nuits d'hiver. Les sciences occultes mêlées aux grands moments du passé constituent le fil conducteur de son style littéraire.

TABLE DES MATIÈRES

Découvrez les dernières parutions de la collection

ÉLECTROGÈNE

UNE AVENTURE INITIATIQUE DANS UN UNIVERS MAGIQUE ET MYSTÉRIEUX, NOURRIE DE MYTHOLOGIES ORIENTALES, EXPLORANT DES THÈMES RICHES ET PROFONDS.

Dans les ruelles sombres de Tyniry, une ombre fugace évolue de toit en toit, aussi furtive qu'un rapace. Ashtiri, une ancienne esclave de 17 ans, est devenue voleuse pour survivre. La meilleure, d'ailleurs. Et sa réputation a franchi les frontières : le roi d'Ofayne la mandate afin d'accomplir une mission décisive. Impuissant devant une armée de démons à la progression implacable, le souverain a l'espoir fou qu'Ashtiri retrouvera le dernier Lion d'albâtre, un mage-guerrier légendaire. Dans cette quête au cœur d'un environnement hostile, les convictions d'Ashtiri vacillent une à une face aux volontés des divinités cosmiques, maîtresses du destin des mortels.

Une quête tortueuse visant à démanteler une institution ancestrale corrompue, où l'amour naît malgré les risques et l'interdit.

Le Sanctuaire de Sarano est intouchable. En vendant des prophéties aux puissants de tous les horizons, la supérieure Tinavia impose inéluctablement son influence. Alors quand Élyne, une oracle, apprend qu'elle a été manipulée et exploitée pour ses dons, elle n'a d'autres choix que de disparaître. Sous la protection inattendue de dragons, elle fuit jusqu'au campement du lieutenant Darel, qu'elle convainc de la perversité de Tinavia. Problème : le jeune homme dispose de pouvoirs magiques annihilant le potentiel prophétique de l'oracle… Au mépris du danger, les deux jeunes gens enquêtent sur les manigances du Sanctuaire. La vérité est en mesure de bouleverser le cours de la guerre des royaumes, mais exposer des preuves pourrait bien leur coûter la vie.

Reproduit et achevé d'imprimer en décembre 2022
par Abedik, en Pologne,
pour le compte de Gulf stream éditeur,
31, rue Alfred-Riom 44100 Nantes
www.gulfstream.fr

Dépôt légal 1re édition : mai 2023